外国文学名著丛书

〔俄〕茨维塔耶娃 / 著

茨维塔耶娃诗选

刘文飞 / 译

"外国文学名著丛书"编委会

人民文学出版社

МАРИНА ЦВЕТАЕВА
СТИХОТВОРЕНИЯ
据 МАРИНА ЦВЕТАЕВА，СОБРАНИЕ СОЧИНЕНИЙ В СЕМИ ТОМАХ(МОСКВА,ЭЛЛИС ЛАК,1994)译出。

图书在版编目(CIP)数据

茨维塔耶娃诗选/(俄罗斯)茨维塔耶娃著;刘文飞译. —北京:人民文学出版社,2020(2024.1重印)
(外国文学名著丛书)
ISBN 978-7-02-015896-6

Ⅰ.①茨… Ⅱ.①茨…②刘… Ⅲ.①诗集—俄罗斯—现代 Ⅳ.①I512.25

中国版本图书馆 CIP 数据核字(2019)第 289148 号

责任编辑　李丹丹
装帧设计　刘　静
责任印制　王重艺

出版发行　人民文学出版社
社　　址　北京市朝内大街 166 号
邮政编码　100705

印　　刷　河北新华第一印刷有限责任公司
经　　销　全国新华书店等

字　　数　197 千字
开　　本　850 毫米×1168 毫米　1/32
印　　张　16.625　插页 3
印　　数　11001—14000
版　　次　2020 年 6 月北京第 1 版
印　　次　2024 年 1 月第 4 次印刷

书　　号　978-7-02-015896-6
定　　价　59.00 元

如有印装质量问题,请与本社图书销售中心调换。电话:010-65233595

茨维塔耶娃

出 版 说 明

人民文学出版社自一九五一年成立起,就承担起向中国读者介绍优秀外国文学作品的重任。一九五八年,中宣部指示中国科学院文学研究所筹组编委会,组织朱光潜、冯至、戈宝权、叶水夫等三十余位外国文学权威专家,编选三套丛书——"马克思主义文艺理论丛书""外国古典文艺理论丛书""外国古典文学名著丛书"。

人民文学出版社与中国科学院文学研究所,根据"一流的原著、一流的译本、一流的译者"的原则进行翻译和出版工作。一九六四年,中国社会科学院外国文学研究所成立,是中国外国文学的最高研究机构。一九七八年,"外国古典文学名著丛书"更名为"外国文学名著丛书",至二〇〇〇年完成。这是新中国第一套系统介绍外国文学作品的大型丛书,是外国文学名著翻译的奠基性工程,其作品之多、质量之精、跨度之大,至今仍是中国外国文学出版史上之最,体现了中国外国文学研究界、翻译界和出版界的最高水平。

历经半个多世纪,"外国文学名著丛书"在中国读者中依然以系统性、权威性与普及性著称,但由于时代久远,许多图书在市场上已难见踪影,甚至成为收藏对象,稀缺品种更是一书难求。在中国读者阅读力持续增强的二十一世纪,在世界文明交流互鉴空前频繁的新时代,为满足人民日益增长的美好生活的需要,人民文学出版社决定再度与中国社会科学院外国文学研究所合作,以"网罗经典,格高意远,本色传承"为出发点,优中选优,推陈出新,出版新版"外国文学名著丛书"。

值此新版"外国文学名著丛书"面世之际,人民文学出版社与中国社会科学院外国文学研究所谨向为本丛书做出卓越贡献的翻译家们和热爱外国文学名著的广大读者致以崇高敬意!

"外国文学名著丛书"编委会
二〇一九年二月

编委会名单

(以姓氏笔画为序)

1958—1966

卞之琳	戈宝权	叶水夫	包文棣	冯 至	田德望
朱光潜	孙家晋	孙绳武	陈占元	杨季康	杨周翰
杨宪益	李健吾	罗大冈	金克木	郑效洵	季羡林
闻家驷	钱学熙	钱锺书	楼适夷	蒯斯曛	蔡 仪

1978—2001

卞之琳	巴 金	戈宝权	叶水夫	包文棣	卢永福
冯 至	田德望	叶麟鎏	朱光潜	朱 虹	孙家晋
孙绳武	陈占元	张 羽	陈冰夷	杨季康	杨周翰
杨宪益	李健吾	陈 燊	罗大冈	金克木	郑效洵
季羡林	姚 见	骆兆添	闻家驷	赵家璧	秦顺新
钱锺书	绿 原	蒋 路	董衡巽	楼适夷	蒯斯曛
蔡 仪					

2019—

王焕生	刘文飞	任吉生	刘 建	许金龙	李永平
陈众议	肖丽媛	吴岳添	陆建德	赵白生	高 兴
秦顺新	聂震宁	臧永清			

目　次

译本序 …………………………………………… 1

"你们别笑话年轻一代！" …………………………… 1
致妈妈 …………………………………………… 3
小世界 …………………………………………… 5
车站侧影 ………………………………………… 7
祈　祷 …………………………………………… 9
醒　来 …………………………………………… 11
疲　惫 …………………………………………… 12
相　遇 …………………………………………… 13
新　月 …………………………………………… 14
致下一个她 ……………………………………… 16
致下一个他 ……………………………………… 17
一道银光 ………………………………………… 19
错　误 …………………………………………… 20
困　惑 …………………………………………… 22
"把你们的爱情带给太阳,带给风" ………………… 23
梦的联系 ………………………………………… 25
从车厢发出的问候 ……………………………… 27

除了爱情 ……	29
糟糕的辩白 ……	30
两种光 ……	32
纪念册题诗 ……	33
再度祈祷 ……	34
"您成熟得让人无望？哦不！" ……	36
十字架之路 ……	38
一路平安！ ……	39
在天堂 ……	40
从高塔发出的问候 ……	41
两种结果 ……	42
一 "幽灵在夜间与我低语" ……	42
二 "幽灵在夜间与你低语" ……	43
十二月童话 ……	44
野性的意志 ……	46
女中学生 ……	47
眼　泪 ……	49
只是一个小女孩 ……	50
一朵云 ……	51
鼓 ……	52
祈祷大海 ……	53
外婆的小外孙 ……	54
欢　乐 ……	56
午　夜 ……	58
首场舞会 ……	59
老太婆 ……	60

从童话到童话᠁᠁᠁᠁᠁᠁᠁᠁᠁᠁᠁᠁᠁᠁᠁᠁᠁᠁ 61
致文学检察官们᠁᠁᠁᠁᠁᠁᠁᠁᠁᠁᠁᠁᠁᠁᠁ 62
"我把这些诗句献给"᠁᠁᠁᠁᠁᠁᠁᠁᠁᠁᠁᠁᠁ 63
"我的诗句过早地写成"᠁᠁᠁᠁᠁᠁᠁᠁᠁᠁᠁ 65
致阿霞᠁᠁᠁᠁᠁᠁᠁᠁᠁᠁᠁᠁᠁᠁᠁᠁᠁᠁᠁᠁ 66
 一 "我们迅速,严阵以待"᠁᠁᠁᠁᠁᠁᠁ 66
 二 "我们是春天的衣裳"᠁᠁᠁᠁᠁᠁᠁᠁ 67
致拜伦᠁᠁᠁᠁᠁᠁᠁᠁᠁᠁᠁᠁᠁᠁᠁᠁᠁᠁᠁᠁ 69
相遇普希金᠁᠁᠁᠁᠁᠁᠁᠁᠁᠁᠁᠁᠁᠁᠁᠁᠁ 71
女　友᠁᠁᠁᠁᠁᠁᠁᠁᠁᠁᠁᠁᠁᠁᠁᠁᠁᠁᠁᠁ 75
 一 "您幸福吗？您不说！勉强！"᠁᠁᠁ 75
 二 "我呼唤昨日的梦"᠁᠁᠁᠁᠁᠁᠁᠁᠁ 76
 三 "今日冰雪消融"᠁᠁᠁᠁᠁᠁᠁᠁᠁᠁ 78
 四 "您懒得穿上衣服"᠁᠁᠁᠁᠁᠁᠁᠁᠁ 79
 五 "今日,八点钟"᠁᠁᠁᠁᠁᠁᠁᠁᠁᠁᠁ 80
 六 "夜间面对咖啡渣哭泣"᠁᠁᠁᠁᠁᠁ 81
 七 "像雪花欢快地闪耀"᠁᠁᠁᠁᠁᠁᠁ 82
 八 "就像年轻的幼芽"᠁᠁᠁᠁᠁᠁᠁᠁᠁ 84
 九 "你走着自己的路"᠁᠁᠁᠁᠁᠁᠁᠁᠁ 85
 十 "我能否不去回忆"᠁᠁᠁᠁᠁᠁᠁᠁᠁ 87
 十一 "所有的眼睛都被阳光刺痛"᠁᠁ 89
 十二 "莫斯科近郊的山冈泛蓝"᠁᠁᠁ 90
 十三 "在分手的前夜"᠁᠁᠁᠁᠁᠁᠁᠁᠁ 91
 十四 "有一些名字像芬芳的花"᠁᠁᠁ 92
 十五 "我想站在镜子旁"᠁᠁᠁᠁᠁᠁᠁ 92
 十六 "你爱过第一个女人"᠁᠁᠁᠁᠁᠁ 93

十七 "您会记起:我珍视我的一根头发" ……… 94
致阿赫马托娃 …………………………… 96
"他们看见了什么?" ……………………… 98
"我喜欢您不因为我而痛苦" ……………… 100
"我知道真理!让先前的真理见鬼!" …… 102
"两个太阳在变冷,上帝啊,请宽恕!" …… 103
"我被赐予可爱的声音" …………………… 104
"没有人夺走任何东西!" ………………… 105
莫斯科诗抄 ………………………………… 107
 一 "四周是云" ………………………… 107
 二 "请从我手里接受这非人工的城池" … 109
 三 "绕过夜间的塔楼" ………………… 110
 四 "据说,会有悲伤的一天!" ………… 111
 五 "被彼得抛弃的城市的上空" ……… 112
 六 "莫斯科郊外蔚蓝森林的上空" …… 113
 七 "七座山冈像七口大钟!" ………… 114
 八 "莫斯科!巨大的房屋" …………… 115
 九 "花楸树点燃" ……………………… 116
"欢乐吧,灵魂,大吃大喝吧!" …………… 118
失 眠 ………………………………………… 120
 一 "失眠为我的眼睛" ………………… 120
 二 "我喜欢" …………………………… 122
 三 "在我硕大的城——黑夜" ………… 123
 四 "失眠之夜后身体软弱" …………… 124
 五 "如今我是天外来客" ……………… 125
 六 "今夜我孤身一人走进黑夜" ……… 126

4

七　"温柔,纤细" …………………………………… *126*
　　八　"黑得像瞳孔,像瞳孔一样吸收光" ………… *127*
　　九　"夜里谁在睡觉？没有一个人！" …………… *127*
　　十　"瞧又是一扇窗" ………………………………… *128*
　　十一　"失眠！我的朋友！" …………………………… *129*

致勃洛克 ……………………………………………………… *132*
　　一　"你的名字是手中的鸟" ……………………… *132*
　　二　"温柔的幽灵" ………………………………… *133*
　　三　"你走向太阳的西方" ………………………… *135*
　　四　"给野兽以巢穴" ……………………………… *136*
　　五　"在我的莫斯科,穹顶闪亮！" ………………… *137*
　　六　"人们以为他是凡人！" ……………………… *138*
　　七　"或许,那片树林后面" ……………………… *139*
　　八　"一群牛虻围着无动于衷的驽马" …………… *140*
　　九　"像一道微光穿透地狱的黑暗" ……………… *140*
　　十　"瞧,是他,在异乡走得累了" ………………… *141*
　　十一　"你将是我们的修士" ……………………… *142*
　　十二　"他的友人们啊,你们别惊扰他！" ………… *143*
　　十三　"平原之上" ………………………………… *144*
　　十四　"不是骨折的肋骨" ………………………… *145*
　　十五　"没有召唤,没有词语" ……………………… *146*
　　十六　"像梦者,像醉汉" …………………………… *148*
　　十七　"好吧,上帝！请收下" ……………………… *149*

"我在漆黑的午夜走向你" …………………………………… *151*
"我要收复你,从所有土地,所有天空" …………………… *153*
"我的女对手,我来见你" …………………………………… *155*

"落在男友的臂膀" ……………………………… 156
"喂,朋友!" …………………………………… 157
"我想和您一起生活" …………………………… 158
"每个夜晚所有房间都黑暗" …………………… 160
"我似乎什么都不需要" ………………………… 162
"八月是菊花" …………………………………… 163
唐璜 ……………………………………………… 165
　　一　"在寒冷的清晨" ……………………… 165
　　二　"在朦胧的霞光中" …………………… 166
　　三　"在太多的玫瑰、城市和碰杯之后" … 167
　　四　"时间在子夜" ………………………… 168
　　五　"唐璜有一把长剑" …………………… 169
　　六　"丝绸腰带滑落在他脚下" …………… 169
　　七　"你在迎面的视线中点燃" …………… 170
"吻额头,擦去顾虑" …………………………… 172
茨冈人婚礼 ……………………………………… 173
"我们只打量眼睛,一览无余" ………………… 175
"迟到的光亮让你不安?" ……………………… 176
"我记得第一天,婴儿般的残忍" ……………… 177
"白得像磨出的面粉" …………………………… 178
致莫斯科 ………………………………………… 179
　　一　"当红发的伪沙皇把你占领" ………… 179
　　二　"伪季米特里没能把你波兰化" ……… 180
　　三　"稀薄的钟声,素食的钟声" ………… 180
"花园盛开,花园凋谢" ………………………… 182
"我孤身一人迎接新年" ………………………… 183

兄　弟 ……………………………………………… 184
　　一　"睡觉也不松开手" ……………………… 184
　　二　"两位天使,两位白色的兄弟" …………… 185
　　三　"我吞咽咸的泪水" ……………………… 186
顿　河 ……………………………………………… 187
　　一　"白卫军,你们的道路崇高" ……………… 187
　　二　"幸存的人会死去,死去的人会复活" …… 188
　　三　"波浪和青春,违背法则!" ……………… 188
"激情的呻吟,致命的呻吟" ………………………… 190
"蛇靠星星证明" ……………………………………… 191
"莫斯科城徽:英雄刺杀恶龙" ……………………… 192
"我祈求你远离黄金" ………………………………… 193
"黑色的天空写满词句" ……………………………… 194
"我祝福每日的劳作" ………………………………… 195
"泪水,泪水是活水!" ………………………………… 196
"我要告诉你一个大骗局" …………………………… 197
"死去的时候我不会说:我活过" …………………… 198
"没有爱人的夜晚" …………………………………… 199
"我们活过,你要记住" ……………………………… 200
"我说出话,别人听到" ……………………………… 201
"我是你笔下的纸张" ………………………………… 202
"对您的记忆像薄雾" ………………………………… 203
"就像左手和右手" …………………………………… 204
"勇敢和童贞!两者的联盟" ………………………… 205
"诗句生长,像星星像玫瑰" ………………………… 206
"吞噬一切的火是我的马!" ………………………… 207

"每行诗都是爱情的孩子" …………………………… 208
致天才 ……………………………………………… 209
"如果灵魂生来就有翅膀" …………………………… 210
致阿丽娅 …………………………………………… 211
    一 "我不知你我身在何处" ……………………… 211
    二 "我俩一起去教堂" …………………………… 211
    三 "就像地下的草" ……………………………… 212
"有蜂蜜的地方就有蜂刺" …………………………… 213
"别人不需要的你们给我" …………………………… 214
"伴着内战风暴的轰鸣" ……………………………… 216
"被红色笼罩的摇篮!" ……………………………… 217
眼　睛 ……………………………………………… 219
"你们拿走珍珠,会留下泪珠" ……………………… 221
"我把一抔头发的灰烬" ……………………………… 222
"哦主啊,感谢你" …………………………………… 223
"我乐意活得模范而又简单" ………………………… 224
喜剧演员 …………………………………………… 225
    一 "我记得十一月末的夜晚" …………………… 225
    三 "不是爱情,而是热病!" …………………… 226
    五 "无法与我交友,爱我也不可能!" ………… 228
    六 "我吻的是头发还是空气?" ………………… 228
    七 "我没看见便不会安心" ……………………… 229
    八 "您多么健忘,就多么难忘" ………………… 230
    十二 "粉红的嘴巴和海狸皮衣领" ……………… 231
    十三 "你懒懒地坐在扶手椅里" ………………… 231
    十七 "易逝的嘴唇和易逝的双手" ……………… 232

十八　"没有接吻,便已贴紧" …………………… *232*
　　二十　"耳中有两个声响:丝绸和风雪!" ………… *233*
　　二十三　"太阳只有一个,却走过每一座城" …… *233*
"我爱您一生,爱您每一天" ………………………… *235*
"你永远赶不走我" …………………………………… *236*
给一百年后的你 ……………………………………… *237*
"两棵树相互渴求" …………………………………… *240*
"上帝!我还活着!就是说,你还没死!" ………… *241*
"我的小窗很高!" ……………………………………… *243*
"我挂在周六和周日之间" …………………………… *244*
"蓝色天空上火红的玫瑰" …………………………… *246*
"我把这本书托付给风" ……………………………… *248*
"我爱您吗?" …………………………………………… *249*
悼海涅 ………………………………………………… *251*
"两只手轻轻放下" …………………………………… *253*
"我写在青石板上" …………………………………… *255*
"泪珠掉落的地方" …………………………………… *257*
"死亡就是无" ………………………………………… *258*
"我看见了黑眼睛的你,离别!" …………………… *260*
"其他人与明眸和笑脸相伴" ………………………… *262*
"我的身躯有军官的正直" …………………………… *263*
狼 ……………………………………………………… *265*
"别对任何人提起我" ………………………………… *267*
致陌路人 ……………………………………………… *269*
攻占克里米亚 ………………………………………… *271*
"我要问询宽阔顿河的流水" ………………………… *272*

9

"我知道我将死在霞光中!" …………………………… 274
"新年好,天鹅的营地!" …………………………… 275
学　生 ……………………………………………………… 277
　　一　"我是你的金发孩子" ………………………… 277
　　二　"有的时刻,像被扔掉的包裹" ……………… 278
　　三　"傍晚的太阳" ………………………………… 280
　　四　"白昼卸下了重负" …………………………… 281
　　五　"那个时刻神奇饱满" ………………………… 283
　　六　"号角的一切华丽" …………………………… 283
　　七　"沿着山冈,圆圆的黢黑的山冈" …………… 284
"我要云朵和草原何用" …………………………………… 285
"不知分寸的灵魂" ………………………………………… 287
"哦第一个额头上方第一轮太阳!" ……………………… 288
离　别 ……………………………………………………… 289
　　一　"塔楼的钟声" ………………………………… 289
　　二　"我抬起早已" ………………………………… 290
　　三　"使劲,使劲地" ……………………………… 291
　　四　"用黑色的橄榄枝" …………………………… 292
　　五　"悄悄地" ……………………………………… 294
　　六　"你像白发女看不见" ………………………… 295
　　七　"像银色的幼芽" ……………………………… 296
　　八　"我知道,我知道" …………………………… 298
　　九　"你的容貌" …………………………………… 299
　　十　"最后的美妙" ………………………………… 300
"两道霞光! 不,两面镜子!" …………………………… 302
致使者 ……………………………………………………… 304

致马雅可夫斯基·················306
"骄傲和胆怯是亲姐妹"············308
"如此用力地手托下巴"············309
青　春······················310
　　一　"我的青春！我陌生的"·······310
　　二　"转眼从燕子变成巫婆！"······311
"在离别的岁月我容颜憔悴！"········313
"两根眉毛拉开数里路"············314
尘世的征兆···················315
　　一　"在岁月微薄的劳作中"·······315
　　二　"你去寻觅可靠的女友"·······316
　　三　阳　台················317
　　四　"手臂,进入"············318
　　五　"你要去查明？等等！"······319
　　六　"为了不让你看到我"·······319
　　七　"把这夜半的青蓝"·········320
　　八　"忘川盲目流动的抽泣"······322
"生活无与伦比地撒谎"············324
致柏林·····················326
西彼拉·····················327
　　一　"西彼拉:燃尽;西彼拉:树干"···327
　　二　"像灰色的巨石"··········328
　　三　西彼拉对婴儿说··········329
乡　村·····················332
　　一　"对死人失去信心"·········332
　　二　"当愤怒的灵魂"··········333

三	"像一群浴女"	335
四	"朋友们！一伙兄弟！"	336
五	"逃亡者？传令兵？"	337
六	"不用色彩，不用画笔！"	338
七	"彻夜无梦的她"	340
八	"有人去往决死的胜利"	342
九	"什么样的灵感"	342

铁轨上的黎明 …………………………………… 345
电 线 …………………………………………… 348

一	"用这排歌唱的电杆"	348
二	"为了告诉你……不，入列"	350
三	道　路	352
四	"一座专制的城镇！"	353
五	"我不是魔法师！在顿河远方的"	354
六	"此刻，天上的三王"	356
七	"当我可爱的兄弟"	356
八	"忍耐，像人们等待死亡"	357
九	"春天带来梦。我们入睡"	358
十	"与他人躲入一堆粉色的"	360

诗 人 …………………………………………… 362

一	"诗人从远方领来话语"	362
二	"世上有些人多余、额外"	363
三	"我这个盲人和弃儿能做什么"	364

"我将迟到约定的相会" …………………………… 366
布拉格骑士 ……………………………………… 368
山之诗 …………………………………………… 370

献　诗	370
一 "那山像新兵的胸口"	371
二 "不是帕那索斯,不是西奈"	372
三 "天堂落在手掌"	372
四 "珀尔塞福涅的石榴籽"	373
五 "激情不是欺骗,不是杜撰!"	373
六 "山在哀悼(山用苦涩的黏土"	374
七 "山在哀悼,如今的血和酷暑"	375
八 "那山像呻吟的巨神"	377
九 "岁月流逝。这块石头"	378
十 "但在地基的重压下"	379
尾　声	381

终结之诗	383
一 "在比铁皮还锈的天空"	383
二 "流浪的部族"	385
三 "然后是滨河街。我依偎"	387
四 "浅发雾霭的波浪"	388
五 "我捕捉唇的运动"	391
六 "'我不想这样。'"	393
七 "然后是滨河街。最后的滨河街"	400
八 "最后的桥"	402
九 "厂房声音洪亮"	406
十 "共同的、拼合的"	408
十一 "一次输得精光"	412
十二 "雨像稠密的马鬃"	415
十三 "就这样在石上磨刀"	418

十四 "走羊肠小道"……………………………… 420
妒忌的尝试……………………………………… 423
征 兆……………………………………………… 426
"请替我致敬俄罗斯的黑麦"…………………… 428
母亲哭新兵……………………………………… 429
松 明……………………………………………… 431
接骨木…………………………………………… 432
致儿子…………………………………………… 435
　一 "不去城市,不去乡村"…………………… 435
　二 "我们的良心并非你们的良心!"………… 437
　三 "你别做年轻人中的零"………………… 438
书 桌……………………………………………… 441
　一 "我忠诚的书桌啊!"……………………… 441
　二 "结盟三十周年"………………………… 443
　三 "结盟三十周年"………………………… 444
　四 "你欺负了人,然后躲开?"……………… 446
　五 "我忠贞不渝的书桌!"…………………… 447
　六 "两清了:你们吞噬我"…………………… 448
"故乡的思念!这早已"………………………… 450
致捷克…………………………………………… 453
　九 月…………………………………………… 453
　一 "这片土地富饶宽广"…………………… 453
　二 "群山是野牛的舞台!"…………………… 456
　三 "地图上有个地方"……………………… 460
　四 一位军官………………………………… 461
　五 镭的祖国………………………………… 465

14

三　月 …………………………………………… 466
一　摇篮曲 ………………………………………… 466
二　废　墟 ………………………………………… 467
三　鼓　声 ………………………………………… 469
四　致德国 ………………………………………… 470
五　三月 …………………………………………… 472
六　夺走了 ………………………………………… 474
七　森　林 ………………………………………… 475
八　"哦，眼中的泪！" …………………………… 475
九　"圣像背后不是魔鬼" ………………………… 476
十　人　民 ………………………………………… 477
十一　"人民，你不会死去！" …………………… 478
十二　"住口，波西米亚人！一切结束！" ……… 479
十三　"但最心疼的，哦更难忘的" ……………… 479
"我一直在重复第一行诗句" ……………………… 481

译 本 序

茨维塔耶娃是俄国白银时代最重要的诗人之一,也被布罗茨基称为"二十世纪的第一诗人"①。

玛丽娜·茨维塔耶娃(1892—1941)生于莫斯科。她的父亲伊万·茨维塔耶夫是莫斯科大学艺术学教授,是莫斯科美术博物馆(今莫斯科普希金造型艺术博物馆)的创建人;她的母亲玛丽娅·梅因具有波兰、德国和捷克血统,曾随著名钢琴家鲁宾施坦学习钢琴演奏。茨维塔耶娃后来在自传中写道:"我对诗的激情源自母亲,对工作的激情源自父亲,对自然的激情则源自父母双方……"②由于身患肺结核病的母亲需出国治疗,童年的玛丽娜和妹妹曾随母亲到过德、法、意等国,并在那里的寄宿学校就读,这使玛丽娜·茨维塔耶娃自幼便熟练掌握了德语和法语。一九〇六年母亲去世后,姐妹俩回莫斯科上学。一九一〇年,刚满十八岁的玛丽娜·茨维塔耶娃出版了她的第一部诗集《黄昏纪念册》,诗集得到勃留索夫、古米廖夫、沃罗申等当时著名诗人的肯定,茨维塔耶娃从

---

① [美国]布罗茨基、沃尔科夫:《布罗茨基谈话录》,马海甸、刘文飞、陈方译,东方出版社,2008年,第47页。
② [俄罗斯]茨维塔耶娃:《长短诗集》(俄文版),列宁格勒,苏联作家出版社,1979年,第34页。

此走上诗坛。一九一一年,茨维塔耶娃应沃罗申之邀前往后者位于克里米亚科克捷别里的"诗人之家"别墅,在那里与谢尔盖·埃夫隆相识并相恋,一九一二年一月,两人在莫斯科结婚。同年,茨维塔耶娃出版第二部诗集《神灯集》,这部诗集由于较多的"自我重复"而遭冷遇。主要由头两部诗集中的诗作构成的第三部诗集《两书集》(1913)出版后,其影响也远逊于《黄昏纪念册》。此后数年,茨维塔耶娃紧张写诗,佳作频出,但没有诗集面世,编成的诗集《青春诗抄(1913—1915)》并未正式出版。抒情女主人公的不羁个性及其真诚诉说、躁动感受及其复杂呈现,构成了茨维塔耶娃早期诗作的主题和基调。

一九一六年是茨维塔耶娃诗歌创作中一个新阶段的开始,此年编成但直到一九二一年方才出版的诗集《里程碑》,就是标志她的诗歌成熟的一座"里程碑"。从诗歌主题上看,一方面,诗人的极端情绪化有所冷静,转向固执的自我中心主义,这一时期的抒情诗成了她"灵魂的日记";另一方面,作者所处的时代和社会开始发生剧烈动荡,一战、革命、内战等社会事件相继爆发,与近乎坐以待毙的家庭生活一样,都在日复一日地强化诗人紧张的内心感受,茨维塔耶娃因此写出《天鹅营》等现实题材诗作,尽管她从来都不是一个关注现实的政治诗人。从调性上看,茨维塔耶娃的诗歌在这一时期出现一个转向,即歌唱性和民间性的强化。她描写莫斯科和塔鲁萨的抒情诗作,她在这一时期因接近莫斯科戏剧界而创作的一些诗体剧作和长诗等大型体裁,都具有较强的民间文学特征。关于茨维塔耶娃诗歌创作民间性的来历,后来的研究者们大感不解,因为茨维塔耶娃之前从未生活在俄国乡间(除了在父母的别墅所在地塔鲁萨小住,和在沃罗申的别墅所在地科克捷别里做客),她也没有熟悉俄罗斯童话的奶娘和外婆,但对俄语诗歌中"俄罗斯性"的探寻,却使她掌握了"歌唱性"这一典型的诗歌手法。俄文版《茨维塔耶娃七卷集》的编者在题为《诗人玛丽娜·茨维塔耶娃》的后记中写道:"她一九一六年的诗就实质而言大多为歌。其女主人公其实是在歌唱自我,歌唱自己的忧伤、大胆和痛苦,当然,也在歌唱自己的爱情……"①

一九二二年夏,获悉丈夫流亡国外,正在布拉格上大学,茨维塔耶娃带着大女儿阿丽娅经柏林前往布拉格。逗留柏林期间,茨维塔耶娃出版两部诗集,即《致勃洛克》和《离别集》。在柏林的两个多月时间里,茨维塔耶娃写了二十多首诗,这些诗作后多收入诗集《手艺集》,它们体现了茨维塔耶娃诗风的又一次微调,即转向隐秘的内心感受以及与之相关联的更为隐晦的诗歌形象和诗歌语言,茨维塔耶娃自己所说的"我懂这门手艺"这句话,自身也似乎具有某种隐喻成分。一九二二年八月,茨维塔耶娃来到捷克,在布拉格及其郊外生活了三年多。茨维塔耶娃捷克时期的生活是颠沛流离、捉襟见肘的,但她在不断搬家和操持家务的同时,在恋爱和生子之余,却一刻也不曾停止写诗,三年三个月时间里共写下一百三十九首长短诗作,平均每周一首,显示出旺盛的文学创造力。在布拉格,茨维塔耶娃与她丈夫在查理大学的同学罗德泽维奇热烈相恋,留下许多诗歌杰作,其中最著名的要数长诗《山之诗》

---

① [俄罗斯]萨阿基扬茨、姆努辛:《诗人玛丽娜·茨维塔耶娃》,见[俄罗斯]茨维塔耶娃:《茨维塔耶娃七卷集》,莫斯科,埃利斯·拉克出版社,1994年,第1卷,第579页。

3

(1924)和《终结之诗》(1924)。一九二三年,她还出版了两部抒情诗集,即《普叙赫》和前面提到的《手艺集》。流亡捷克时期,外在生活的沉重压力和内心生活的极度紧张构成呼应,被迫的孤独处境和主动的深刻内省相互促进,使得茨维塔耶娃诗歌中关于"生活和存在"的主题不断扩展和深化。流亡捷克的三年多,是茨维塔耶娃诗歌创作的巅峰期之一,"在捷克,玛丽娜·茨维塔耶娃成长为这样一位诗人,我们如今可以公正地把她列入伟大诗人的行列"①。

一九二五年十月,仍旧是出于物质生活方面的考虑,茨维塔耶娃全家迁居巴黎,但是在法国他们仍旧生活在贫困之中。由于茨维塔耶娃的桀骜个性,由于她丈夫与苏联情报机构的合作,也由于她对马雅可夫斯基等苏维埃诗人的公开推崇,她与俄国侨民界的关系相当紧张,几乎丧失发表作品的机会。在这一时期,茨维塔耶娃也将大部精力投入散文创作,写下许多回忆录和评论性质的文字,在流亡法国的近十四年时间里,她只写了不到一百首诗作。她曾在给捷克友人捷斯科娃的信中感慨:"流亡生活将我变成了一位散文作家。"一九二八年面世的《俄罗斯之后》,是茨维塔耶娃生前出版的最后一部诗集,是她流亡时期诗歌创作的集大成者,其中也收有她"法国时期"的最初诗作。除抒情诗外,茨维塔耶娃在流亡期间还写作了大量长诗,除前面提到的《山之诗》和《终结之诗》外,还有《美少年》(1922)、《捕鼠者》(1925)、《自大海》(1926)、《房间的尝试》(1926)、《阶梯之诗》(1926)、《新年书信》

---

① [俄罗斯]萨阿基扬茨、姆努辛:《诗人玛丽娜·茨维塔耶娃》,见[俄罗斯]茨维塔耶娃:《茨维塔耶娃七卷集》,莫斯科,埃利斯·拉克出版社,1994年,第1卷,第585页。

(1927)、《空气之诗》(1927)等。在茨维塔耶娃流亡法国时期的诗歌中,怀旧的主题越来越突出,悲剧的情绪越来越浓烈,但怀旧中也不时闪现出片刻的欢乐,悲剧中往往也体现着宁静和超然,比如她在《接骨木》中用顽强绽放、死而复生的接骨木作为自我之投射,在《故乡的思念》等诗中将花楸树当作故土的象征,在《书桌》中将书桌当作毕生最忠诚的告白对象(其实她在很多租住地甚至连一张书桌都没有)。一九三八年九月,纳粹德国吞并捷克斯洛伐克,茨维塔耶娃写下激越昂扬的组诗《致捷克》,这组诗构成了她诗歌创作的"天鹅之歌"。

一九三七年,茨维塔耶娃的丈夫埃夫隆因卷入一场由苏联情报机构组织的暗杀行动而秘密逃回苏联,他们的女儿在稍前已返回莫斯科。两年之后,生活拮据、又置身非议和敌意的茨维塔耶娃被迫带着儿子格奥尔基(小名穆尔)返回祖国,可迎接茨维塔耶娃的却是更加严酷的厄运:女儿和丈夫相继被苏联内务部逮捕,女儿坐牢十五年,丈夫最终被枪毙。一九四一年八月三十一日,因为战争被从莫斯科疏散至鞑靼斯坦小城叶拉布加的茨维塔耶娃,在申请担任作家协会食堂洗碗工的申请也被拒绝之后,在与儿子发生一场争吵之后,在租住的木屋中自缢。一九四四年,她的儿子也牺牲在卫国战争的战场上。

回到苏联之后,茨维塔耶娃更无发表作品的可能,只能搞一点文学翻译,但她还是有一些零星诗作存世,我们所知的她的最后一首诗《我一直在重复第一行诗句》写于一九四一年三月六日,此时距她离世尚有五个多月,而在这五个多月时间里,作为一位伟大诗人的茨维塔耶娃却很有可能始终不曾动笔写诗。

无论在生活中还是在诗歌创作中,茨维塔耶娃都体现出了十分鲜明的个性。在她刚刚登上诗坛后不久,当时的诗界首领勃留索夫在肯定她的第一部诗集之后却对她的第二部诗集有所微词,茨维塔耶娃立即连续写出两首《致勃留索夫》,予以反驳和讥讽;一九二一年二月,她在莫斯科一场诗歌晚会上公开朗诵她的组诗《顿河》,歌颂"像白色的鸟群飞向断头台"的白军,而台下的听众主要是红军士兵,当时国内战争已基本结束,苏维埃政权得到巩固,在这样的背景下,身为失踪白军军官之妻的茨维塔耶娃居然敢在大庭广众之下朗读她的白军"颂歌";一九二八年,马雅可夫斯基访问巴黎时遭到俄国侨民界的冷遇和敌意,茨维塔耶娃却出面接待马雅可夫斯基,并在报上发表题为《致马雅可夫斯基》的文章,称"真理"和"力量"都在马雅可夫斯基一边,在茨维塔耶娃保留下来的这张报纸上有她的一行批注:"为此我立即被赶出了《最新消息报》。"《最新消息报》是巴黎最重要的俄侨报纸,茨维塔耶娃因此基本丧失了在俄侨报刊上发表诗文的机会。这就是茨维塔耶娃的个性,无论何时何地,她总是显得"不合时宜"。这种个性或许是家族的遗传,或许是天生的性格,也或许是颠沛流离的童年生活、父母的早亡等生活经历所导致的后果,但更可能的是,她的个性和她的诗歌是互为因果的,是相互放大的。独树一帜的个性是成为一位优秀诗人的必要前提之一,而诗歌作品,尤其是一首抒情诗作,也可能成为个性的最佳表达方式,成为个性的塑造手段。

在茨维塔耶娃自由、孤傲的个性中,积淀着这样两个基本的性格因素,即真诚和不安。诗贵在真诚,一个好的诗人首先必须是一个真诚的人。真正的诗容不下、也藏不住虚假,因此,认真的诗人们在现实生活中往往表现得像个大孩子。茨维塔耶娃的为人和作诗都体现着真诚,她仿佛不想隐瞒什么,不想装扮自己,只求把原本的个性真实地表现出来。茨维塔耶娃对爱情主题的诉诸就颇具典型意义,布罗茨基因此称茨维塔耶娃是"最真诚的俄罗斯人"①。一九〇八年,勃洛克曾在《库利科沃战场》一诗中写道:"我们在梦境里才有安宁。"这一名句几乎成了大多数诗人的谶语,尤其对于白银时代的俄语诗人而言,尤其对于白银时代最为"不安"的诗人茨维塔耶娃而言。她将"生活与存在"当成她的主要诗歌命题,或者说,当成她的诗歌创作中主要的思索对象,在这一总的命题之下,她思索苦难以及对于苦难的态度,思索诗人以及诗人的身份认同问题,思索爱以及爱的本质和意义。或是由于内心激情的涌动和生存状态的刺激,或是关于个人命运和文化命运的担忧,她的诗始终贯穿着一种不安的情绪主线。这种焦虑感的真诚表露,构成了她诗歌的主要风格特征之一。茨维塔耶娃的诗像是一种"独白的诗",这分明是一个个体在吐露心曲,但这一个体是一个深刻体验过多种生活的天才演员,因此她的诉说就不再仅仅是一个个体的声音;她分明是在面向众人诉说,却又像是在自言自语,并不关心听众的反应。茨维塔耶娃的长诗情节性不强,但她的抒情诗却因充满细节和情节而具有戏剧性;诗人真诚的天性,使她不能不吐出内心的一切,而焦虑的人生态度,又让她难以以表现自我为满足。于是,才有了这种充满内心冲突的抒情主

---

① [美]布罗茨基、沃尔科夫:《布罗茨基谈话录》,马海甸、刘文飞、陈方译,东方出版社,第46页。

人公以及她时而为自我忏悔、时而为醒世之言、时而是激动的、时而是苦闷的独白。布罗茨基在茨维塔耶娃的诗中听出了这种独特的调性:"在她的诗歌和散文中,我们经常听到一个独白;但是这不是女主人公的独白,而是由于无人可以交谈而作的独白。这一说话方式的特征,就是说话人同时也是听话人。民间文学——牧羊人的歌——就是说给自己听的话:自己的耳朵倾听自己的嘴。这样,语言通过自我倾听实现了自我认知。"①茨维塔耶娃本人在《终结之诗》中也有过相似的表达,即"生活全在肋骨!/它是耳朵,也是回音。""耳朵"(yxo)和"回音"(эxo)构成一对意味深长的韵脚。

　　茨维塔耶娃诗歌个性的首要表达方式,就是其独特的诗歌语言。茨维塔耶娃的诗中充满隐喻,而且,她的一首诗,甚至一部长诗,往往就是建立在一个大隐喻之上的,自身就是一个拉长的隐喻,组合的隐喻。比如《接骨木》一诗,从春天里淹没花园的绿色波浪写起,写到接骨木花朵像火焰、像麻疹的盛开,然后是冬季,它的浆果像珊瑚,像鲜血,这意味着接骨木的被处决,意味着"一切血中最欢乐的血:/心脏的血,你的血,我的血……","一丛孤独的接骨木","能代替我的艺术官","我想把世纪的疾病称作/接骨木……"窗外历经一年四季的接骨木树丛,由此成为"我"的生活和人类存在的象征物。在《山之诗》中,茨维塔耶娃将布拉格的佩伦山文学化,用来象征她与罗德泽维奇那场刻骨铭心的爱情。在茨维塔耶

---

① [美]布罗茨基:《文明的孩子》,刘文飞译,中央编译出版社,1999年,第151—152页。

娃与罗德泽维奇热恋的这段时间,茨维塔耶娃租住在佩伦山坡上的一户人家,他们两人经常一起爬山,佩伦山于是成了他俩热烈爱情的见证人,也成了茨维塔耶娃心目中爱情的等价物。在《山之诗》中,茨维塔耶娃将佩伦山写成情感的高峰,将她与罗德泽维奇的爱情比喻成登山之旅。然而,激情、爱和幸福都像山一样,终归是有顶峰的,"据说,要用深渊的引力/测量山的高度",于是,"山在哀悼(山用苦涩的黏土/哀悼,在离别的时候),/山在哀悼我们无名的清晨/鸽子般的温柔";"山在哀悼,如今的血和酷暑/只会变成愁闷。/山在哀悼,不放走我们,/不让你爱别的女人!""痛苦从山开始。/那山像墓碑把我压住",但是,这座山又是"火山口",蕴藏着愤怒的熔岩,这将是"我""记忆的报复"!爱情是一座山,需要两个人携手攀爬,但爬到山顶之后却面临两种选择:要么原路返回,这就意味着注定要走下坡路,越来越低;要么追求更高,这就意味着从山头跃起,短暂地飞向高空。如此一来,佩伦山在茨维塔耶娃的诗中便从爱情之山转化为存在之山,构成了关于人类存在之实质的巨大隐喻。或许正因为如此,茨维塔耶娃才在《山之诗》中运用了这对令人震惊的韵脚:山/痛苦(ropa/rope)。另一部长诗《终结之诗》也建立在一个巨大的隐喻之上。这部长诗共十四章,这可不是一个偶然的数目,而是茨维塔耶娃有意为之的设计。她在关于此诗的写作计划中直截了当地写道:"在写一部分手之诗(另一部)。完整的十字架之路,展示每个阶段。"①立陶宛诗人温茨洛瓦在他的《茨

---

① [俄罗斯]茨维塔耶娃:《未刊作品集》(科尔基娜和舍维连科编并序,俄文版),莫斯科,埃利斯·拉克出版社,1997年,第282页。

维塔耶娃的〈山之诗〉〈终结之诗〉与〈旧约〉〈新约〉》一文中对茨维塔耶娃的这一设计作了更为具体的说明:"在最终文本中,长诗分作十四章。这个初看上去并不具宗教含义的数字,实际上包含这一意义:它恰好是与十字架之路、即天主教传统中苦路的十四个阶段相呼应的。"①也就是说,茨维塔耶娃在诗中把她道别爱情的过程比作耶稣背负十字架走向各各他的苦路。尽管《终结之诗》中十四个章节的内容并不完全与苦路十四站的情景一一对应,但背负十字架一步步走向受难地的耶稣,却无疑就是长诗中一步步走向分手的抒情主人公的象征,她的十字架就是她的恋爱对象,更确切地说,就是她的爱情。茨维塔耶娃曾这样定义爱情:"爱情,就是受难。"②也就是说,在她的意识中,爱情往往不是幸福、索取和生存,而是伤害、给予和毁灭。在俄语原文中,《终结之诗》这一标题中的"终结"(Конец)一词是以大写字母开头的,这是在暗示我们,"终结"本身就是长诗中另一个隐在的主人公,它作为一个硕大的象征,构成"爱情苦路"这一整体隐喻的核心。这对恋人分手途中的每一个阶段都是朝向"终结"的迫近,同时也是对"终结"的消解;"终结"既指爱情的终结,世俗生活的终结,甚至世界的终结,但"终结的终结"也意味着新的开端,亦即灵魂的净化、爱的复活,乃至存在的无垠。

茨维塔耶娃诗歌的突出特征之一,就是文学艺术的其他体裁因素在她诗歌中的渗透。首先,茨维塔耶娃的诗不论长

---

① [立陶宛]温茨洛瓦:《宴席上的谈伴》(俄文版),维尔纽斯,巴尔托斯·兰克斯出版社,1997年,第220页。
② [俄罗斯]茨维塔耶娃:《茨维塔耶娃(七卷集)》,埃利斯·拉克出版社,1994年,第6卷,第609页。

短,都写得十分酣畅,虽随意却不显零乱,虽自然却不失精致,带有一种明显的"散文风格"。布罗茨基在评论茨维塔耶娃的散文时曾说:"散文不过是她的诗歌以另一种方式的继续。"①其实,在她转向散文写作之前,散文因素早已渗透进了她的诗歌,她将散文的因素融合进诗歌,又将诗歌的因素带入散文。她的诗有散文风,是散文化的诗;她的散文更具诗味,是诗化的散文。诗与散文的界限在她的创作中被淡化了、模糊化了。作为其结果,她的诗与散文均双双获益。其次,戏剧因素在茨维塔耶娃诗歌中有显著作用。茨维塔耶娃的诗很有画面感,而这些画面又时常是流动的,就像是不断变幻的戏剧舞台。茨维塔耶娃同时是一位杰出的剧作家,一九一八至一九二〇年,她一度与瓦赫坦戈夫剧院等莫斯科的剧院关系密切,创作出一系列浪漫主义剧作;"诗剧"也一直是她心仪的文学体裁之一。更为重要的是,她的诗作无论长短,往往都有着紧张的冲突、剧烈的突转和激烈的对白,似乎稍加扩充,就会变成一部舞台剧本。《终结之诗》无疑就是男女主人公的一出对手戏,诗中不时出现两位主人公的直接引语,就像剧本中的台词,而且,"这种对话酷似网球比赛,词句像来回飞舞着的网球"②;长诗中还多次出现被置于括号内的舞台提示,如"(鹰一样环顾四周)""(断头台和广场)"等。广义地说,《终结之诗》整部长诗就是两位主人公的舞台对白。此外,长诗中的舞台"背景音"也此起彼伏,如汽笛、雷霆、笑声、交谈、

---

① [美国]布罗茨基:《文明的孩子》,刘文飞译,中央编译出版社,1999年,第137—138页。
② [美国]马克·斯洛宁(斯洛尼姆):《苏维埃俄罗斯文学》,浦立民、刘峰译,毛信人校,上海译文出版社,第275页。

手指的鼓点、耳朵的轰鸣、厂房声音洪亮、红色过道的哗啦声、空心的喧嚣、锯子穿透睡梦、脚掌的叹息、接缝的崩裂、妓女的笑声等等。这些声响与主人公简短的对话形成呼应,也是长诗舞台效果的重要来源之一,这使我们联想到茨维塔耶娃说过的一句名言:"帕斯捷尔纳克在诗中是看见,我在诗中是听见。"①最后,茨维塔耶娃的诗作又是高度音乐性的,她曾自称她继承了母亲对"音乐和诗"的爱好,这种"爱好"是融化在血液中的。她的篇幅较长的诗,多具有交响乐般的结构,具有呈示、发展和再现等不同阶段;她的短诗则如歌曲,具有前文提及的浓烈的"歌唱性"。在俄语诗人中,茨维塔耶娃是最受作曲家青睐的诗人之一,肖斯塔科维奇等著名音乐家曾将她的许多诗作谱成歌曲,这并非偶然。

茨维塔耶娃的诗歌语言是别具一格的,具有很高的识别度,这种茨维塔耶娃式诗语呈现出这样一些特征。第一是多种格律混成。俄国学者伊万诺夫在对茨维塔耶娃《终结之诗》的格律和节奏进行细致研究后发现,诗人在这部长诗中采用了十余种格律,如常用的抑扬格、扬抑格、抑抑格、抑扬抑格和扬抑抑格,还有比较罕见的混合格(логаэды)和三音节诗格变体(дольник),也就是说,茨维塔耶娃在一部诗歌作品中几乎运用了俄语中所有的诗歌格律形式,而且,所有这些格律还与不同的音步搭配,即分别搭配两音步、三音步和四音步,从而组合出变化多端的诗歌格律。不过,伊万诺夫同时也发现,《终结之诗》尽管存在"格律的多样",却又神奇地具有

---

① [俄罗斯]茨维塔耶娃:《茨维塔耶娃(七卷集)》,莫斯科,埃利斯·拉克出版社,1994年,第6卷,第366页。

"节奏的一致"①。即便在茨维塔耶娃的短诗中,也时常会出现不同的格律。第二是诗节创新。所谓"诗节创新",是第一部研究茨维塔耶娃的专著的作者赛蒙·卡尔林斯基提出的,指茨维塔耶娃与众不同的诗节构成方式,即她写诗不再遵守一句一行、若干行一段的传统诗节定式.而是依据情感的涨落来进行诗节的划分,在规范中插入不规范。俄语诗歌的形式较为传统,一般为一句一行,四句(或六句、八句)一节,押严格的韵脚,这一传统一直持续到茨维塔耶娃开始创作的二十世纪初。当时,虽然不是每一个诗人在每一首诗中都严格遵循传统的诗律,但如茨维塔耶娃这样大胆的诗节划分诗还是比较少见的,她有近一半的诗均未自始至终保持一成不变的诗节。第三是断句移行。在茨维塔耶娃的诗中,移行可能出现在诗句的任何地方,即她并不永远在标点符号处移行,而是依据内在的韵律和停顿来断句,这样的做法不仅凸显了作者的主观感受,而且还以强加的停顿去刺激读者,同时,这种做法还能极大地扩大诗语的可能性,为韵脚的选择和音步的安排提供更大的自由。有时,茨维塔耶娃甚至将某一个词拦腰截断,分别置于上行的末尾和次行的开端,这大约就是布罗茨基在评论茨维塔耶娃的语言风格时所言的"语义移行"(semantic enjambment)②。第四是别出心裁的词法。斯洛尼姆

---

① [俄罗斯]伊万诺夫:《诗歌理论》(俄文版),列宁格勒,科学出版社,1968年,第178页。
② [美国]布罗茨基:《小于一》(英文版),纽约,法拉尔—斯特劳斯—吉鲁出版社,1986年,第179页。

说:"她喜欢采用追溯词根的方法。她通过去掉前缀,改变词尾及一、二个元音或辅音(有点像法国的超现实主义者)而成功地解释各种词语的原始意义。她巧妙地运用了语音学,从声音的接近中得到词语的新意义。"①她喜欢使用最高级形容词,有些还是她自造的最高级形容词,如"超无意义的词汇""最基督的世界"等;她会用一个连字符来关联两个单词,或拆开某个单词,以凸显新的含义。顺便说一句,茨维塔耶娃的这种"构词法",似乎很难在任何一种语言的译文中获得等值的再现。最后,是跳跃式的省略。语言的简洁和意象的跳跃,是茨维塔耶娃诗歌的一大特色,急促的节奏间布满一个又一个破折号,使人感觉到,茨维塔耶娃似乎永远来不及写尽她的思想和感受。布罗茨基注意到茨维塔耶娃诗歌中的这个标点符号,并说她的这一"主要的标点符号","不仅被她用来说明现象的类同,而且还旨在跳过不言自明的一切","此外,这一符号还有一个功能:它删除了二十世纪俄国文学中的许多东西"。②面对这由一个又一个破折号造成的意义的空白,置身于由各种跳跃所形成的语义停顿,读者会感受到一种阅读的刺激和挑战,被迫用积极的思考和想象来还原作者的情感过程,这大约就是茨维塔耶娃所说的"阅读是创作过程的同谋"一语的含义。需要说明的是,由于汉语与俄语在语法上存在巨大差异,茨维塔耶娃原作中破折号所表达的语法意味,甚至被省略的含义,在汉译中往往是需要添加进去的,因此,在汉

---

① [美国]马克·斯洛宁(斯洛尼姆):《苏维埃俄罗斯文学》,浦立民、刘峰译,毛信人校,上海译文出版社,第277页。
② [美国]布罗茨基:《小于一》(英文版),纽约,法拉尔—斯特劳斯—吉鲁出版社,1986年,第182页。

译中继续保持原文中的每一个破折号,或许就是画蛇添足了。

多变的格律和急促的节奏,洗练的句法和陌生化的词法,紧张的对话和戏剧化的冲突,所有这些诗歌手法合为一体,共同营造出一种极度的紧张感和不和谐感。一位《终结之诗》的研究者将这部长诗的总体美学风格定义为"临界诗学"①,这个说法似乎也可以用来概括茨维塔耶娃的整个诗歌创作。

作为诗人的茨维塔耶娃,在俄国文学史中的价值和意义至少体现在这样几个方面。首先,她是白银时代最为杰出的诗歌代表之一。十九世纪末、二十世纪初的白银时代是俄国文学史中继黄金时代后的又一个文学繁荣期,俄国再度出现"天才成群诞生"的壮观景象。白银时代是俄国的"文艺复兴",是一个文化的时代,更是一个文学的时代,诗歌的时代。在这一时期,象征派、阿克梅派、未来派等诗歌流派相继崛起,各领风骚,每一流派均推出了其代表诗人,如象征派的勃洛克和勃留索夫,阿克梅派的阿赫马托娃和曼德尔施塔姆,未来派的马雅可夫斯基和帕斯捷尔纳克等,而唯一一位从未加入任何诗歌流派、却又成为白银时代最杰出诗歌代表的诗人,就是茨维塔耶娃,她鲜明的个性和独特的诗风就像一面鲜艳的旗帜,孤独地飘扬在白银时代的诗歌巅峰之上。

其次,茨维塔耶娃是俄国文学史中最早出现的女性大诗人。在茨维塔耶娃之前,俄国文学主要是一种"男性文学",黄金时代的一流作家和诗人中间很少看到女性的身影,直到

---

① https://cyberleninka.ru/article/v/poetika-predelnosti-v-poeme-kontsa-mariny-tsvetaevoy.

白银时代，一大批女性作家和诗人，如阿赫马托娃、吉比乌斯、苔菲等，才突然涌现，使俄国文学成为真正的男女声重唱。茨维塔耶娃几乎与阿赫马托娃同时登上诗坛，阿赫马托娃的第一部诗集《黄昏集》出版于一九一二年，而茨维塔耶娃的第一部诗集《黄昏纪念册》出版于一九一〇年。这两位伟大的女诗人不仅以女性的身份步入俄国诗坛，更把女性的情感、女性的主题、女性的立场带进了俄语诗歌。两人的早期抒情诗大多为爱情诗，抒写爱情给抒情女主人公带来的悲剧感受。但是，如果说阿赫马托娃形式严谨的诗作主要是用细节来传导女主人公细腻的内心活动，茨维塔耶娃则更多地用奔放的诗句直接道出女主人公的执意，甚至决绝，因此可以说，较之于阿赫马托娃，茨维塔耶娃的诗似乎更具"女性主义"意识。试比较一下她俩各自的一首名诗，即阿赫马托娃的《最后一次相见的歌》(1911) 和茨维塔耶娃的《我要收复你》(1916)。阿赫马托娃在诗中写道："胸口无援地发冷，/但我的脚步还算轻快。/我在用我的右手/把左手的手套穿戴。//楼梯仿佛很漫长，/但我知道它只有三级！/秋风在槭树间低语：'求求你，和我一同死去！'/……这就是最后一次相见的歌。/我打量黑暗的房间。/只有几支冷漠的蜡烛，/在卧室抖动昏黄的火焰。"此诗用"我在用我的右手/把左手的手套穿戴"这一著名"细节"，绝妙地体现了女主人公内心的慌乱，它与后面送别的"楼梯"、痛苦的"秋风"和卧室的"烛光"相叠加，透露出一位与爱人（爱情）分手的女性深刻的悲伤；但是，此诗也表达了女主人公的克制，分手时她并未忘记戴上手套，面对一切她试图表现得从容和坦然一些。对痛苦内心的深刻体验和体验之后的努力克制，是阿赫马托娃这首诗，乃至她整个早期诗歌总的情绪特征。和《最后一次相见的歌》一样,茨维塔耶娃的《我要收复你》大约也是一首"失恋诗",但女主人公的态度却大相径庭:"我要收复你,从所有土地,所有天空,/因为森林是我的摇篮,坟墓是森林,/因为我站在大地,只用一条腿,/因为我为你歌唱,只有我一人。//我要收复你,从所有时代,所有夜晚,/从所有金色的旗帜,所有的宝剑,/我扔掉钥匙,把狗赶下台阶,/因为在尘世的夜我比狗更忠诚。//我要收复你,从所有人,从某个女人,/你不会做别人的夫,我不会做别人的妻,/我要从上帝那里夺回你,住口!——/在最后的争吵,在夜里。//但我暂时还不会为你送终,/哦诅咒!你依然留在你的身边:你的两只翅膀向往天空,/因为世界是你的摇篮,坟墓是世界!"此诗中的女主人公坚定自信,声称要从"所有土地""所有天空""所有时代""所有夜晚"收复你,"要从上帝那里夺回你",而且,"我暂时还不会为你送终"!显而易见,茨维塔耶娃的"女性立场"是更为激进的。茨维塔耶娃的诗歌创作在当年就引起了众多女性读者的共鸣和崇尚,在她以及阿赫马托娃等女性诗人出现之后,一代又一代俄罗斯女性仿效她俩,拿起笔来写诗,从此之后,女性声音便成了俄国文学,尤其是俄语诗歌中一个水量丰沛的潮流,一种硕果累累的传统。

再次,茨维塔耶娃极具现代感的诗歌创作构成了俄语诗歌发展进程中的一个路标。前文谈及茨维塔耶娃诗歌语言的诸多"现代"特征,这里再以她的长诗《终结之诗》为例,来说明她的创作的"先锋性"。《终结之诗》是一部地道的"二十世纪长诗",所谓"二十世纪长诗",是比照传统的"十九世纪长诗"而言的。以拜伦的《唐璜》、普希金的《叶甫盖尼·奥涅金》等为代表的"十九世纪长诗"大多表现为"诗体的叙事",其中有着统一的情节和统一的格律,而到了茨维塔耶娃写作《终结之诗》的二十世纪二十年代,世界诗歌中却突然出现一种新的长诗形式,或曰长诗写作的新范式,其特征总体说来,就是篇幅和体量的缩减,故事情节的淡化,抒情性和主观性的加强,作品呈现出碎片化、印象式、象征性等趋向。我们注意到,在茨维塔耶娃写作《终结之诗》的前后,勃洛克写出《十二个》(1918)和《报复》(1921),马雅可夫斯基写出《穿裤子的云》(1916)和《关于这个》(1923),帕斯捷尔纳克写出《施密特中尉》(1925—1927),T. S. 艾略特也写出《荒原》(1922)。众多大诗人在长诗写作范式方面这种不约而同的尝试应引起我们的关注和思索,而且,长诗体裁自身的这一变化也是与世界范围内现代派诗歌的生成密切相关的,理解了这一点,便不难理解茨维塔耶娃的《终结之诗》在世界诗歌发展史中显明的"路标转换"意味,而在整个俄语诗歌的发展过程中,茨维塔耶娃和她那个时代的许多大诗人一样,也是从古典向现代转向过程中的"里程碑"。

最后,茨维塔耶娃的一生构成了二十世纪俄国诗人悲剧命运的一个象征。茨维塔耶娃的一生,是饱经磨难的一生:她很早就失去父母;她成为一位成熟诗人之时,恰逢俄国革命爆发,她的生活一落千丈,丈夫失踪,小女儿饿死,孤女寡母相依为命;她"俄罗斯之后"的流亡生活持续长达十七年,其间始终居无定所,在极度的贫困中度日;返回苏联后,她和她的家人又无一例外地遭遇厄运……她似乎在用她真实的生活际遇,图解她自己给出的一个关于诗人和诗歌创作的定义:诗人就是犹太人,就是永远被逐的人;写诗就是殉道,就是一种受

18

难的方式。

　　这本诗集选译了茨维塔耶娃的三百余首诗,约占茨维塔耶娃诗歌创作总量的三分之一,这些诗作选自茨维塔耶娃一生创作的不同阶段,大体上能给出茨维塔耶娃诗歌创作的全景图。诗集中的抒情诗译自萨基扬茨和姆努辛主编的《茨维塔耶娃(七卷集)》的第一、第二卷(М. И. Цветаева. Собрание сочинений в 7 томах, тт. 1-2. Под ред. А. Саакянц и Л. Мнухин, Эллис Лак, 1994),两部长诗《山之诗》和《终结之诗》译自特维克里扬主编的《茨维塔耶娃诗歌小说散文选》(Марина Цветаева. Поэзия. Проза. Драмадургия. Под ред. Д. В. Тевекелян, СЛОВО/SLOVO, 2014)。诗难译,茨维塔耶娃的诗尤其难译,读者君发现此集中的误译或其他问题,请不吝赐教!感谢本书责编柏英女士付出的辛劳!

　　诗集中的诗作按写作年代排列,诗作后的写作年代依据俄文版《茨维塔耶娃(七卷集)》标出,有些诗作未标明年代,或许因为茨维塔耶娃当年没留下写作年月,俄文版文集编者也难以确定。

刘文飞

二〇一九年十月十日

"你们别笑话年轻一代！"*

你们别笑话年轻一代！
你们永远无法想象，
仅凭愿望怎能生活，
仅凭意志与善的渴望……

你们无法想象，勇气
如何燃烧在战士胸膛，
少年如何神圣地死去，
忠于誓言直到死亡。

…………

你们别喊他们回家，
也别妨碍他们的愿望，——

---

* 在目前为止篇幅最大的茨维塔耶娃作品集《茨维塔耶娃（七卷集）》（莫斯科，埃利斯·拉克出版社，1994年）中，此诗被排在第一首，其写作时间约在一九○六年，当时茨维塔耶娃年仅十三四岁。本诗原无题，为方便读者，取第一句为题，下同。

每个战士都是英雄!
请为年轻一代骄傲!

　　　　　　　　一九〇六年

致 妈 妈*

在陈旧的施特劳斯舞曲中,
我们首次听见你轻声呼唤,
自那时起我们便疏远世界,
爱听钟表匆忙的声响。

我们像你一样欢迎日落,
陶醉于终结的迫近。
我们在美好黄昏的拥有,
全被你装入我们的心。

你不倦地俯向孩子的梦,
(没你就只有月亮打量他们!)
你领着自己幼小的孩子,
绕过危险纷乱的痛苦人生。

---

* 茨维塔耶娃的妈妈名叫玛丽娅·亚历山大罗夫娜·梅因(1868—1906),是一位钢琴家,她在茨维塔耶娃十四岁时便因病去世,但茨维塔耶娃无疑继承了母亲对诗歌和音乐的爱好。茨维塔耶娃早年写有多首献给母亲的诗,后期还写有《母亲和音乐》《母亲的童话》等多篇散文。

童年起我们便亲近忧伤的人，
感觉笑声无聊，疏远家的庇护……
我们的航船没在顺风时启航，
它顶着八面来风漂流！

童年的蓝色岛越来越苍白，
我们一直站在甲板。
哦，妈妈，你显然把忧愁
留给两个女儿作为遗产！

小 世 界

孩子,就是胆怯眼睛的目光,
就是淘气的小勺敲打地板,
孩子,就是阴沉主题中的太阳,
就是欢乐科学的假设世界。

戒指金光中永恒的无序,
半睡之间温柔的细声,
小鸟和小羊的安宁画面,
在舒适童房的墙上打盹。

孩子,就是沙发上的傍晚,
窗外的路灯在雾中泛出光辉,
诗体的童话,萨尔坦①,
神奇大海的美人鱼姐妹。

孩子,就是休息,短暂的安宁,

---

① 萨尔坦,普希金诗体童话《沙皇萨尔坦、他的儿子——威武的勇士吉东大公和美丽的天鹅公主的故事》(1831)的主人公。

就是床边的祷告,嗓音发颤,
孩子,就是世界的温情谜语,
这些谜语中也藏有答案!

车站侧影

我不认识您,也不想
相识后失去星空的幻想。
在最糟糕的深渊,
这般长相的人忠于光芒。

被命运锁定的所有人,
都有如此封闭的面孔。
您是未被翻阅的书页,
不,您不会成为女奴!

成为如此面孔的女奴?哦不!
这里没有偶然的错误。
我清楚:您的目光和侧影,
会成为许多人的秘密,

还有您头巾下方
盘成一圈的头发
(像头顶吉他或竖琴),
还有您苍白的脸颊。

我不认识您。或许,
您像所有人客气也平常……
就算这样!就算这是幻想!
要活下去,只能靠幻想!

或许,很快有一天,
我会明白一切都很丑……
可是犯错,多么欢乐!
可是犯错,多么轻松!

用手轻轻扶住头巾,
在汽笛惊慌鸣响的地方,
您站立如密闭的谜语。
我会记住您的模样。

      一九〇九年复活节于塞瓦斯托波尔

祈　祷[*]

基督和上帝！我渴望奇迹，
在这一整天的始初！
啊,就让我死去吧,
既然一生于我只是一本书。

你智慧,不会严厉开口：
"忍耐吧,期限尚未结束。"
你赐予我的已经太多！
我同时渴望所有道路！

我想要一切:我唱着歌,
带着茨冈人的灵魂去抢劫,
在教堂音乐中为所有人痛苦,
像亚马逊女人投入战斗;

在黑暗的高塔占卜星星,

---

[*] 此诗作于茨维塔耶娃十七岁生日那天,可被视为"茨维塔耶娃第一篇文学宣言",见[俄罗斯]安娜·萨基扬茨:《玛丽娜·茨维塔耶娃:生活与命运(上)》,谷羽译,广西师范大学出版社,2001年,第15页。

带领孩子们穿过阴影……
为了让昨日成为传奇,
为了让每一天成为疯癫!

十字架、丝绸和盔甲我都爱,
我的灵魂是瞬间留下的足迹……
你赐予我胜过童话的童年,
请赐我死亡,在十七岁年纪!
一九〇九年九月二十六日于塔鲁萨

醒　来

世界真冷！
秋天的床像天堂。
醉意徘徊屋顶，
像风一样摇晃；
雨水重复着滴答，
落在扫院人身上……
小窗的灯火多微弱！
孩子的心里多痛苦！
小弟若有所思，
小手揉着惺忪的眼：
可怜的醒来者！
在淘气的姐姐之后。
黑暗的角落已备好
洗澡的海绵和脸盆。
真冷！没有眼睛的洋娃娃
阴郁地皱着眉头：
洋娃娃可怜太阳！
大厅里颤动的声音……
这是妈妈的双手
轻轻地触动钢琴。

疲 惫

请等着提问,请想出答数……
如果要思考,还算什么游戏?
就连洋娃娃都皱起了眉头……
是睡觉的时候!

大厅里很可怕,每天晚上
都会有小鬼和巫婆。
爸爸病了,妈妈在音乐会……
是睡觉的时候!

小弟反穿皮袄,
姐姐戴着无指手套,
"你别再吓唬女老师了。"
是睡觉的时候!

唉,没有妈妈就毫无意义!
孩子们在角落哭泣,
就连洋娃娃都皱起了眉头……
是睡觉的时候!

相　遇[*]

傍晚的雾飘在城市上空,
列车温顺地驶向远方,
突然闪现,比银莲花更透明,
车窗里一张少女脸庞。

涂着眼影。浓密的鬈发
像王冠……我忍住尖叫:
我们的呻吟能唤醒逝者,
在这短暂时刻我分明知道。

黑暗车窗旁的那位姑娘,
多次在梦的峡谷与我相遇,
在车站的拥挤中梦见天堂。

可是她为何如此忧伤?
她透明的侧影把什么寻觅?
她或许在天上也找不到福气?……

---

[*] 一九一〇年,十八岁的茨维塔耶娃出版第一部诗集《黄昏纪念册》,收入一百一十一首诗,这首十四行诗排在首位。

新　月

新月在牧场升起,
辉映满是露水的田埂。
来吧,远方的陌生客,
你会成为我的友人。

我在白天躲藏,沉默。
天上的月没有力量!
在这些月出的夜晚,
我扑向爱人的肩膀。

我不问自己他是谁,
你的嘴唇会泄露天机!
但白天的拥抱很粗鲁,
但白天的冲动很滑稽。

白天苦于骄傲的魔鬼,
我嘴角挂着笑容撒谎。
夜间,远方的陌生客,唉!

月牙已挂在森林上方!

一九〇九年十月于塔鲁萨

致下一个她

你是圣人,还是大罪人,
你步入生活,还是尚未起步,——
哦,你只要更温柔地爱他!
像抱着男孩哄他入睡,
你别忘了温存的梦更要紧,
你别用拥抱突然把他惊醒。

永远陪伴他,让他的忧伤、
他温柔的目光教会你忠贞。
永远陪伴他,他的怀疑折磨人,
用姐妹的动作把他触及。
但如果梦的清白让人厌倦,
你就把可怕的篝火燃起!

别大胆地向任何男人点头,
要在心底催眠往日的忧伤。
请你做我不敢做的女人,
别用胆怯毁灭他的幻想!
请你做我做不到的女人,
无限度地爱他,地久天长!

致下一个他

无尽的幻想。①

为你准备下了善良姐妹们
温情的厚意。
我们在等你,迷人的王子,
用鸟儿的歌声。
你长大了,阳光抚育的树枝,
天堂的身影。
你温情像姑娘,安静像孩子,
是一个惊奇。
人们常说:"这两姐妹的答复
永远因人而异!"
我们对强者傲慢,对弱者羞怯,
对男孩就像孩子。
我们像你,爱白桦和雪地,
爱云的消退。

---

① 原文是拉丁语。

我们也爱童话,哦,你这小傻瓜,
外婆的小外孙!
风在怨诉,在回忆春天……
天空有钻石……
我们在等你,你这不了解生活的
天蓝色眼睛!

一道银光

回声呻吟,河水喧闹,
大雨沉重地敲击,
一道银光刺破云层。
我们久久地欣赏,
直到太阳,太阳升起!

错　误[*]

像颗小星星斜斜飘落,
当你伸手把轻盈的雪花抓住,
它会化成一滴泪,
再也无法让它重新飞舞。

水母的透明十分诱人,
当我们任性地把它触及,
就像戴着枷锁的囚徒,
它会突然苍白,突然死去。

当我们在漫游蝴蝶的身上,
看到现实,而非幻想,——
它们的衣裳在哪儿？我们指尖
只留下彩色鳞粉的霞光!

让雪花和蝴蝶飞翔,

---

[*] 茨维塔耶娃父亲的朋友、象征派诗人埃利斯(1874—1947)曾向茨维塔耶娃求婚,茨维塔耶娃视之为"错误"。

别伤害沙滩上的水母!
我们的幻想抱不紧,
我们的幻想也抓不住!

不能对波动的忧愁说:
"成为激情吧! 疯狂地燃烧!"
魔法师①,你的爱情是个错误,
可没有爱情我们也会死掉!

---

① 魔法师,埃利斯在茨维塔耶娃家的绰号。

困　惑[*]

真不害羞！你如此大胆，
你在诗中歌唱新月，
歌唱仙女和幽静的小道，——
却害怕幼小的女巫！

害怕她琥珀般的眼睛，
害怕女孩鲜红的嘴唇，
害怕她狡诈的杯盏，
不敢畅饮冒泡的美酒？

明亮的眼睛里全是火星，
你害怕这燃烧的毒素？
你害怕这鬈发的女孩？
哦诗人，就让你一直害羞！

---

[*] 此诗写给俄国象征派诗人勃留索夫(1873—1924)。勃留索夫是茨维塔耶娃诗歌天赋的最早发现者之一，但对她第二部诗集中的"重复"有过微词，茨维塔耶娃因此毫不客气地予以回应。关于此诗的写作，茨维塔耶娃的妹妹在回忆录中记录了茨维塔耶娃本人的一段回忆：她在电车上偶遇勃留索夫，十分激动，她手里恰好拿着勃留索夫的一本诗集，于是出声地读起来，而勃留索夫也面露激动，随后却起身走向车门。见[俄罗斯]阿·茨维塔耶娃：《回忆录》，莫斯科，作家出版社，1983年，第282页。

"把你们的爱情带给太阳,带给风"

把你们的爱情带给太阳,带给风,
带给大地自由的舒展!
为了不让你们欢乐的目光
把每位路人看成法官。
请你们奔向自由、山谷和田野,
在草地上轻盈舞蹈,
用硕大的杯子喝牛奶,
像淘气的孩子喧闹。
哦,你第一次羞怯地恋爱,
请信赖幻想的无常!
请与她奔向自由、柳树和枫树,
奔向白桦的新绿装;
你们去粉红色的山坡放牧,
去听溪流淙淙;
姑娘,去吻少年的美唇吧,
在这里你别害羞!
谁在低声责备这青春的幸福?
谁会说该忘记了,否则太晚?

把你们的爱情带给太阳,带给风,
带给大地自由的舒展!

一九一〇年二月于肖洛霍沃

梦 的 联 系

人类的创造会瞬间失去
惊喜的新意,
而像忧愁一样始终不变,
是梦的联系。

安宁……淡忘……入睡……
眼睑闭合的甜蜜……
梦境打开未来的命运,
永远地编织。

我能看到他深藏的想法,
像面对纯水晶。
用一个牢固的永恒谜语,
梦让我们合体。

我不祈祷:"哦主啊,请去除
未来的痛苦!"
不,我祷告:"哦上帝,
让他梦见我!"

让我见你时脸色苍白吧,
这相见多么忧郁!
一个秘密。面对梦的联系,
我们软弱无力。

从车厢发出的问候

嘈杂仿佛比楼房更有力,
车厢最后一次晃动,
最后一次……我们上路……再见,
我冬天的梦!

我冬天的梦,美得让人想哭,
命运让你我分手。
注定!旅途中我不要重负,
也不要梦。

在车厢的喧闹中相信奇迹,
飘向朦胧的未来,这很甜蜜。
世界如此宽广!我也许
能把你忘记?

车厢的黑暗仿佛在挤压肩膀,
雾像流水泻入车窗……
我遥远的朋友啊,你要明白,
这些话全是自我欺妄!

新的地方？到处都要与无聊抗争，
同样的笑声，同样的星光，
在那里也像在此地，你轻轻的手势
将成为我甜蜜的忧伤。

一九一〇年六月九日

除了爱情

我没爱过,但哭过。不,没爱过,
但我仍为你把暗处的圣像指明。
我们梦中的一切都不像爱情:
没有原因,也没有罪证。

只有这圣像在傍晚的客厅向我们点头,
只有你我向他送上怨诉的诗句。
崇拜的线索胜过他人的爱情,
把我们更紧地联系。

但冲动消退,有人温情地走近,
不会祈祷的人却爱过。别急于责怪!
我会记住你,在心灵的觉醒中,
你将是最温情的音乐。

你徘徊在这忧愁的心灵,没上锁的屋……
(我们春天的屋……)别呼唤被遗忘的我!
我已把你注入我的每分钟,除了
最忧伤的爱情。

糟糕的辩白

像暗恋一样老派,像爱情一样新鲜,
清晨嬉笑着把我们的殿堂变成纸牌房。
哦痛苦的羞耻,因为傍晚多余的话!
哦每个清晨的忧伤!

蓝色的战船像月牙在霞光中沉没,
最好别再书写与它的道别!
清晨把我们的伊甸园变成可怜的荒漠……
像暗恋一样——老派!

只有夜间心灵能接受那边的信号,
因此要保密夜间的天书!
醒来时请别泄露温情的奇迹:
光明和奇迹是死敌!

就让你狂热的呓语被粉色的吊灯镀金,
在清晨显得可笑。让它不被黎明所闻!
在清晨会变成智者,变成冷漠的学究,
那位夜间的——诗人。

我怎么可能只在夜间生活和喘息,
把美好的傍晚交给一月的白昼折磨?
我只怪罪清晨,叹息逝去的一切,
我只怪罪清晨!

两 种 光

日光？月光？哦,智慧的女神,
我该如何作答？没有气力和意愿！
银色的光在祷告,明亮的光
在温柔地爱恋。

日光？月光？枉然的争斗！
心啊,请捕捉每一个闪耀！
每声祷告里都有爱情,每场爱情里
也都有祷告！

我只知道:我怜悯的蜡烛
不会取代哭泣中的逝者。
我会爱恋两种光,
没有偏爱！

一九一〇年夏于韦瑟赫什①

---

① 原文是德语。

纪念册题诗

但愿我只是你纪念册上的诗句,
轻轻歌唱,像泉水;
(你成了我最好的书,
老屋里书有一大堆!)
但愿我只是一根草,在明亮的瞬间,
不被怜悯的你踩倒;
(你是我丰富的花坛,
花坛里芬芳缭绕!)
但愿如此。可你懒洋洋地,
俯身面对一页白纸……
你会忆起一切……你会忍住喊声……
但愿我只是你纪念册上的诗句!

再度祈祷

远远望见你星光的桂冠,
基督,我在你面前再度跪地。
请让我明白影子并非一切,
请别让我最终拥抱的是影子!

我受这漫长白昼的折磨,
白昼无欲无求,始终昏暗……
可以爱影子,但如何能
在人间与影子十八年①相伴?

人们在歌唱和书写最初的幸福!
让欢乐的心灵花开枝头!
但忧愁之外的确没有幸福?
但除了死者就没有朋友?

他们早已燃起异教的信仰,
离开人世躲进无人的荒漠?

---

① 指茨维塔耶娃写作此诗时十八岁。

不,不需要那些微笑,
它们的代价是对神圣的亵渎。

我不需要屈辱换得的幸福。
我不要爱情!我不因爱而愁苦。
救主,请赐我的灵魂以影子,
在可爱影子的静谧国度。

一九一〇年秋于莫斯科

"您成熟得让人无望？哦不！"*

您成熟得让人无望？哦不！
您是孩子，您需要玩具，
因此我害怕陷阱，
因此我的问候很节制。
您成熟得让人无望？哦不！

您是孩子，孩子很残忍：
淘气地扯下洋娃娃的假发，
总是撒谎，不停挑逗，
孩子身上有天堂，也有罪过，
因此这些诗行蛮横。

他们有谁满意瓜分？
有谁没在新年枞树后哭泣？
他们的话语十分刺人，
饱含被叛乱点燃的火焰。

---

* 此诗夹在一九一〇年十二月二十七日茨维塔耶娃寄给沃罗申（1877—1932）的书信中。沃罗申是俄国画家和诗人，是茨维塔耶娃诗歌天才最早的发现者之一。

他们有谁满意瓜分?

是的,另一些孩子是秘密,
幽暗的眼睛藏着幽暗的天地。
但他们是我们中的隐士,
他们很少在街道散步。
您是孩子。但孩子全都是秘密?!

　　　　　　一九一〇年十一月二十七日于莫斯科

十字架之路

你不情愿地毁灭了多少明亮的可能。
心中的可能多过天上闪耀的星星。
万般折磨后我期待灿烂的一天,
十字架却是唯一的礼品。

我心中燃烧过什么?如果你愿意,
就称它为爱情或梦境,但别隐瞒真情:
朋友,我能悄悄走近你的床头,
像护士一样小心谨慎。

我不会大胆无礼地触碰你的偶像,
疯狂哭泣的书籍和你爱人的姓名。
我能抚育你像抚育一个大男孩,
在没有安慰的时辰。

亲爱的,多少明亮的可能,多少慌乱!
慌乱和可能多过天上闪耀的星星……
但以你的名义我把我的十字架背起,
我没有流泪,影子作证。

一路平安!

你想看看我的眼睛,
看得还不够大胆。
牧场的太阳已落山……
我的男孩,一路平安!

放下这一见钟情,
请忘掉这个片段。
阳台上已亮起蜡烛……
我的男孩,一路平安!

让心儿入睡吧,
不再泛起波澜!
我带上身后的门……
我的男孩,一路平安!

在 天 堂

回忆过于沉重地压着肩膀,
身在天堂我也为人间哭泣,
在我们新的相遇时我并不隐藏
旧的话语。

成群的天使端庄地飞翔,
竖琴、百合花和孩子的合唱,
一片安详,我将不安地捕捉
你的目光。

我嘲讽地打量天堂的场景,
在纯洁严肃的少女间孤身一人,
我是来自人间的另类,我会唱起
人间的歌声!

回忆过于沉重地压着肩膀,
时辰一到,我不会把泪水隐藏……
无论此地还是彼处,都无需相遇,
不是为了相遇我们才梦醒天堂!

从高塔发出的问候

已是傍晚,黑暗难以躲避
窗外闪过一个身影……
飞吧,飞吧,我的骑士,
骑着你的金色骏马!

在陌生的光亮中,
请把这陌生姑娘铭记!
无常的风在游戏,
用金色的绿色的画笔。

此处的雕花窗很窄,
肖像在清晨躲进阴影……
在绿色的明媚的山坡,
请把这陌生姑娘铭记!

上帝清楚,命运难以躲避。
窗外闪过一个身影……
飞吧,飞吧,我的骑士,
骑着你的金色骏马!

两种结果

一

幽灵在夜间与我低语，
烟圈向我表示温存，
我知道所有植物的秘密，
我知道所有大钟的歌声，——
人们在身边匆忙走过，
走向远方，一声不吭。

我每根血管都在颤抖，
置身于夜半的寂静，
在熊熊燃烧的生活之上，
举起一盏沉思的小灯……
我没活过，就像从前。
就像从前，会再来一轮。

二

幽灵在夜间与你低语,
烟圈向你表示温存,
你知道所有植物的秘密,
你知道所有大钟的歌声,——
人们在身边匆忙走过,
走向远方,一声不吭。

你每根血管都在颤抖,
置身于夜半的寂静,
在熊熊燃烧的生活之上,
举起一盏沉思的小灯……
你没活过,就像从前。
就像从前,会再来一轮。

十二月童话

我们过于年轻,若去宽恕
那使我们失去魔力的人。
但若去哀悼死去的他,
我们又过于年老!

粉色的城堡像冬天的霞光,
像世界一样大,像风一样古老。
我们近乎沙皇的女儿,
我们近乎公主。

父亲是白发的凶恶巫师;
我们愤怒地把他捆住;
我们在每个傍晚占卜,
面对一堆灰土;

饮用飞鹿的角流出的血,
用放大镜观察心脏……
相信爱情依然存在的人,
原来是个智障。

一天晚上走出黑暗,
身着灰衣的忧伤王子。
他的话不带信仰,我们
却怀着信仰倾听。

十二月的黎明望着窗户,
远方泛出胆怯的红光……
我们受难,他却依然
睡得很香!

我们过于年轻,若去淡忘
那使我们失去魔力的人。
但若再次温情地恋爱,
我们又过于年老!

野性的意志

我喜爱这种游戏,
大家全都傲慢凶狠。
游戏中的敌人
是虎和鹰!

傲慢的声音在歌唱:
"这边是死亡,那边是牢房!"
就让黑夜本身与我
搏斗到天亮!

我跑,在我身后放牧,
我笑,手握套马索……
把我撕成碎片吧,
龙卷风!

让所有敌人都成为英雄!
让宴会以战争结束!
让整个世界只剩下
世界和我!

女中学生

我今天彻夜不眠,
因为五月神奇的歌喉!
我悄悄套上长袜,
轻轻溜到窗口。

我是热血沸腾的叛逆,
只承认激情和冷漠。
我阅读布尔热①,深知
爱情之外无幸福!

"他"自十二岁就独处,
只演奏李斯特和格里格,
他博学智慧,像一本书,
还有诗人的品格!

为了他一道火热的眼神,
我甘愿双膝下跪!

---

① 布尔热(1852—1935),法国作家、文学评论家,法兰西学院院士。

父亲和母亲却不愿
我们幸福……

眼　泪

眼泪？我们哭黑暗的前厅，
无人点燃前厅的蜡烛；
我们哭邻家的屋顶
积雪消融；

我们哭春天里的年轻白桦，
哭阴影里长鸣的钟声；
我们像孩子，哭五月里
所有的回音。

走向并非命定的欢乐世界，
我们只用眼泪把道路标记……
我们哭冻僵的小猫，
就像哭自己。

夺走一切，安宁和沉默，
亲爱的，你掏空了我的心窝！
可你不会带上几滴眼泪，
作为道别的礼物。

只是一个小女孩

我只是一个小女孩。
直到披上新娘的盛装,
我的职责是要牢记,
周围全是狼,我是羊。

幻想金色的城堡,
不停摆弄洋娃娃,
然后放下玩具,
几乎已经长大。

我的手里没有剑,
没有发声的琴弦。
我只是一个小女孩,
沉默不语。啊,如果我能

看一眼星空,知道
有颗星在为我燃烧,
我大胆抬起眼睛,
冲所有的眼睛微笑!

一 朵 云

一朵云,一朵粉边的白云,
突然飘来,泛出最后的霞光。
我知道,我伤感的不是云,
我觉得落日就像天堂。

一朵云,一朵粉边的白云,
突然燃烧,顺从傍晚的命运。
我知道,我伤感的不是自己,
我觉得落日就像天堂。

一朵云,一朵粉边的白云,
突然沉入无垠,扇动翅膀。
我为它哭泣,我于是知道,
我觉得落日就像天堂。

鼓

在五月的早晨摇晃摇篮？
把骄傲的脖子放进套马杆？
给女俘纺车，给牧女芦笛，
给我一面大鼓。

我不追求女人的命运，
我害怕寂寞而非伤口！
我的大鼓赐我一切，
权力和敬重。

太阳升起，树木开花……
还有多少未知的国度！
敲吧，大鼓，用鼓声
毁灭一切愁苦！

做一位鼓手吧！走在最前头！
其余的一切都是骗术！
有什么能在途中征服心灵，
如同这面大鼓？

祈祷大海

太阳和星星在你的深处,
太阳和星星在高处的旷野。
永恒的大海,
就让我双倍地献给太阳和星辰。

请在安详的目光中倒映
夜晚的昏暗和霞光的笑容。
永恒的大海,
请催眠、治疗、溶解我幼稚的痛苦。

在这颗心中注入鲜活的水流,
请让我在争论中放弃忍耐。
永恒的大海,
我把无助的精神交给你强大的水!

外婆的小外孙*

给谢廖沙①

他笑着挂上佩剑,
他把吊灯碰出响声……
这个小男孩很开心:
他是外婆的小外孙!

画画的游戏没意思,
闺房和阳台更诱人。
没有上锁的房间:
他是外婆的小外孙!

如果在奇特的客厅,
圆柱让他感到吓人,

---

* 这可能是茨维塔耶娃写给谢尔盖·埃夫隆(1893—1941)的第一首诗。一九一一年五月五日,茨维塔耶娃和小她一岁的埃夫隆在沃罗申的位于科克捷别里的别墅相识,五月十三日,茨维塔耶娃写下此诗,一九一二年一月二十七日,两人在莫斯科成婚。

① 谢廖沙,埃夫隆的名字谢尔盖的爱称。

他会在沙发间入睡:
他是外婆的小外孙!

在暗色的扶手椅间,
男孩做着明亮的梦。
惺忪的男孩很开心:
他是外婆的小外孙!

   一九一一年五月十三日于科克捷别里

欢 乐

致谢·埃①

等待我俩的是尘土的路,
是临时的窝棚,
是野兽的洞穴,
是陈旧的宫阙……
爱人,爱人,我们像神:
整个世界都为了我们!

我们在人间到处是家,
一切都属于我们。
在修补渔网的窝棚,
在光芒四射的地板……
爱人,爱人,我们像孩子:
整个世界由我俩瓜分!

太阳在燃烧,从南向北,

---

① 谢·埃,即谢尔盖·埃夫隆。

或者点燃月亮!
它们有温度,有犁的重负,
我俩有旷野和牧场……
爱人,爱人,我俩彼此
是永久的俘虏!

午 夜

时针又画了一个圆周：
某人的幸福还在身后。
有多少祈祷的手掌举起！
有多少书信被紧贴在胸口！

某地有舵手俯身掌舵，
某人把王冠和权杖惦记，
谁的嘴唇在低语"我不爱"，
谁的鬈发缠在辫绳里。

有人鸣哨，有人搜寻灌木，
何处有俘虏梦见刽子手，
那里有人在深夜被掐死，
那里为某人燃起三根蜡烛。

疯狂和罪孽的庙宇上方，
酝酿一场伟大的雷雨，
心爱诗作的诗集上方，
年轻的眼睛流露着忧郁。

首场舞会

哦,首场舞会是自我欺妄!
像长篇小说的第一章,
错误地让孩子们参加,
他们过早提出渴望。

就像喷泉池的彩虹,
首场舞会是自我欺妄。
就像东方的护身符,
像罗斯坦①诗中的荣光。

灯火透过粉色的雾霭,
彩色银幕上的幻象……
哦,首场舞会是自我欺妄!
一个无法愈合的创伤!

---

① 罗斯坦(1868—1918),法国诗人。

老 太 婆

奇怪的词就是老太婆!
意义含混,嗓音低沉,
就像玫瑰的耳朵
面对乌黑贝壳的噪音。

再现瞬间的所有人,
都不解词中的声响。
这个词里有时间,
这只贝壳里有海洋。

从童话到童话*

一切归你：对奇迹的眷念，
四月每一天的忧郁，
对天空的强烈向往，——
但你别奢望我的理智。
我到死都做小姑娘，
虽然是你的小姑娘。

爱人，在这冬的黄昏，
请像小男孩一样对待我。
别妨碍我惊讶的目光，
请像小男孩一样帮助我，
帮我在可怕秘密中永做
小姑娘，尽管已是新娘。

---

* 此诗献给谢尔盖·埃夫隆。

致文学检察官们

隐瞒一切,让人们忘记,
像忘记融雪和蜡烛那样?
在将来化作一抔黄土,
在十字架下的坟墓?我不想!

每个瞬间,痛苦地颤抖,
我一次又一次地祈求:
永远地死去吧!命运
因此会让我把一切看透?

闺房的黄昏,抱着洋娃娃,
打量草地上的蛛网,
打量被眼神审判的灵魂……
看透一切,替所有人担当!

因此(力的显现),我把
亲近的一切都交给法庭,
为了让青春永恒地护卫
我躁动不安的青春。

"我把这些诗句献给"

我把这些诗句献给
把我放进棺材的人。
棺材里露出我可恨的
高耸的额头。

毫无必要地变了样,
自己的心灵也认不出,
我躺在棺材里面,
额头一圈花束。

在我的脸上读不出:
"我全听到!我全看见!
我在棺材里依然屈辱,
与众人相同。"

身着雪白的裙子,
我自小就讨厌的色彩!
我躺着,与谁作伴?
永远地告别。

你们听着！我不接受！
这是——陷阱！
埋进土里的不是我，
绝不是我。

我清楚！一切都会烧成灰！
坟墓也不会收留
我爱过的一切，
我生命的所有。

一九一三年春于莫斯科

"我的诗句过早地写成"

我的诗句过早地写成,
我不知道我是个诗人,
诗句涌出,像喷泉的水花,
像礼炮的火星,

诗句闯入,像瘦小的魔鬼
闯入梦和香火的殿堂,
我关于青春和死亡的诗啊,
是无人阅读的诗行!

诗句被扔进书店的尘土,
从前和现在都无人问津,
可我的诗句像珍贵的美酒,
终将等来它的时辰。

一九一三年五月十三日于科克捷别里

致 阿 霞[*]

一

我们迅速,严阵以待,
我们锐利。
每个动作,每个眼神,
    每个字。——
两个姐妹。

我们的温存很任性,
也很细腻。
我们来自古老的大马士革,
两个楔形字。

走开,谷场和粮食的重负,

---

[*] 这组诗献给阿纳斯塔西娅·茨维塔耶娃(1894—1993),她是茨维塔耶娃的妹妹,阿霞是爱称。因母亲很早去世,两姐妹相依为命,感情很深,茨维塔耶娃有多首诗献给妹妹,阿霞后在《回忆录》中详细描述了姐妹俩的童年生活,并在晚年为整理姐姐的文学遗产付出了大量心血。

还有犍牛!
我们是射向天空的
两个箭头!

我们是世界市场的例外,
没有罪孽。
我们是莎士比亚的
两行诗句。

一九一三年七月十一日

二

我们是春天的衣裳,
像白杨,
我们是最后的希望,
像国王。

我们在古老杯盏的杯底,
快看啊:
杯中有你的霞光,
我俩的霞光。

你嘴巴贴着杯盏吧,
一饮而尽。
你在杯底能看见
我俩的名。

我俩的目光勇敢明亮,
在恶中也闪亮。
世间你们有谁不曾遇见
我俩的目光?

守护着摇篮和陵墓,
我俩是国王们
最后的幻象。

一九一三年七月十一日

致 拜 伦

我在想您荣誉的早晨,
想您岁月的早晨,
当您醒来像恶魔,
也像人间的神。

我在想,您的双眉
在如炬的双目上方走近,
我在想,古老血液的巨浪
在您的血管里掀起。

我在想您长长的手指
插进波浪般的头发,
我在想林荫道和客厅里
期待着您的所有眼睛。

我在想过于年轻的您
来不及阅读的那些心灵,
当月亮为您升起,
然后又为您隐去。

我在想坠向花边的天鹅绒，
在想半明半暗的大厅，
我在想所有的诗句，
您写给我，我写给您。

我还在想一抔灰烬，
您双唇和双目的留存……
想坟墓里所有的眼睛。
想他们，想我们。

一九一三年九月二十四日于雅尔塔

相遇普希金*

我沿着白色的道路上行,
道路陡峭,尘土飞扬。
我轻盈的双脚不知疲倦,
站上高高的山冈。

左侧是熊山①陡峭的山脊,
四周是蓝色的深渊。
我忆起那位鬈发魔法师,
这里是他的抒情地点。

我在路上和山洞看见他……
黢黑的手搭在额头上……
就像一辆玻璃大车,
在拐弯处清脆作响……

像从童年飘来的烟味,

---

* 茨维塔耶娃十分喜爱普希金,写有多首献给普希金的诗,还写有《我的普希金》(1937)、《普希金与普加乔夫》(1937)等散文。
① 熊山在克里米亚半岛南岸。

或是某个种族的气味……
可爱的普希金时代,
克里米亚从前的魅力。

普希金!你一眼就能看出,
谁在途中与你相遇。
你容光焕发,但未发出
我俩手挽手爬山的提议。

不依靠那黝黑的手臂,
我一边说话一边走,
说我深深地蔑视科学,
说我拒绝领袖,

说我深爱姓名和旗帜,
深爱头发和歌喉,
深爱古老的罪孽和王位,
深爱遇见的每一条狗!

含蓄的微笑像是回答,
也深爱年轻的国王……
在林荫道的柔软树林,
我深爱烟头的火光,

深爱丑角和鼓声,
深爱黄金和白银,

深爱不重复的名称:
玛丽娜、拜伦和坎肩,

护身符,纸牌,香水瓶,蜡烛,
游牧的气味,皮袄的气味,
诱惑的双唇道出的话语,
虚伪的话语直抵灵魂。

"从不"和"永远"这些词,
车辙后面还是车辙……
黢黑的手臂和蓝色的河流,
啊,你的玛利乌拉!①

鼓声咚咚,统治者的制服,
宫殿的窗户,马车的窗户,
壁炉火口中的树林,
爆竹的红色星火……

永恒的心和伺奉
只给他,我的国王!
自己的心和自己
镜中的影像……我深爱。

当然……我不再说话,

---

① 玛利乌拉,普希金长诗《茨冈人》中的人物,女主人公泽姆菲拉的母亲。

眼睛看着脚下的土……
您沉默不语,十分忧郁,
亲切地拥抱小柏树。

我俩沉默片刻,是吗?
看着脚下的山坡,
在一间可爱的小平房,
亮起第一盏灯火。

因此离开糟糕的忧伤,
只迈一步,走向游戏!
我们笑着,手牵手,
向山下跑去。

一九一三年十月一日

女　友[*]

一

您幸福吗？您不说！勉强！
最好让它去！
您似乎吻过太多人，
因此忧郁。

我在您身上看见莎士比亚悲剧
所有女主人公。
您这位年轻的悲剧女士，
无人能救！

您已倦于一次次重复
爱的宣叙调！
苍白手臂上的铁圈

---

[*] 这组诗献给女诗人索菲娅·帕尔诺克(1885—1933)。一九一四至一九一五年茨维塔耶娃与她产生同性恋情，写下许多诗作。

却能说会道!

我爱您。像可怕的乌云在您头顶,
真是罪孽,
因为您的刻薄和挖苦,
也胜过众人,

因为我们黑暗路上的生活
并不相近,
因为您富有灵感的诱惑,
黑暗的厄运,

因为对您这位高前额的恶魔
我要说声抱歉,
因为即便在棺材旁自尽,
也无法救您!

因为这颤抖,因为我莫非
置身梦境?
因为这嘲讽的美妙,
您并非男人。

一九一四年十月十六日

二

我呼唤昨日的梦,

享受绒毛毯的抚爱。
怎么回事？谁的胜利？
谁被打败？

我再次反复思考一切，
我再度反复自虐。
在我无法道出的一切里，
真的有爱？

谁是猎人？谁是猎物？
一切都被完全颠倒！
扯着长呼噜，你知道什么，
这只西伯利亚猫？

在自我意志的决斗中，
谁的手中有球？
是您的心，还是我的心，
被急速地抛出？

这究竟怎么回事？
想要什么？有什么惋惜？
我还是不清楚：我赢了？
还是已经失利？

一九一四年十月二十三日

三

今日冰雪消融,
今日我站在窗口。
目光更清醒,胸襟更自由,
我又心平气和。

我不知为何。或许,
心灵有些疲惫,
不太想去触动
那支暴动的铅笔。

我就这样站着,在雾中,
与善恶保持距离,
手指轻轻敲打
微微作响的窗玻璃。

心灵不好也不坏,
等同遇见的第一个人,
等同珠母色的水洼,
水洼里有天空的倒影,

等同飞过的小鸟,
等同奔跑的狗,
就连贫穷的女歌手

也无法让我泪流。

遗忘这门可爱的艺术,
已经被心灵掌握。
某种硕大的感受,
今日在心中消融。

一九一四年十月二十四日

四

您懒得穿上衣服,
您懒得从扶椅起身。
您未来的每一天,
都会因我的欢欣而欢欣。

这么晚走进黑夜和寒冷,
特别让您难为情。
您未来的每一刻,
都会因我的欢欣而年轻。

您这么做并无恶意,
无辜,也无法补救。
我曾是您的青春,
青春在一旁溜走。

一九一四年十月二十五日

五

今日,八点钟,
沿着大卢比扬卡街,
雪橇飞快驰骋,
像子弹,像飞雪。

一阵银铃般的笑声……
我的所见让我僵住:
头发像火红的毛皮,
身边有个高个子!

您已有了另一位女友,
您与她开辟雪橇的路程,
她显得称心可爱,
显得比我更称心。

"哦不行了,憋死我了!"①
您在大声地喊叫,
您为她披上毛毯,
动作十分夸张。

世界欢乐,黄昏安静!

---

① 原文是法语。

新购的物品从手中飞出……
你俩驶入雪的风暴,
目光相对,身体依偎。

这最残忍的暴动,
白雪洒落四周。
我目送她俩远去,
时间不超过两秒钟。

抚摸自己的皮袄,
我心里并无愤怒。
您的小矮人冻僵了,
哦,白雪公主。

一九一四年十月二十六日

六

夜间面对咖啡渣哭泣,
眼睛看着东方。
像一朵神奇的花朵,
嘴巴纯洁又放荡。

取代鲜红的晚霞,
纤细的新月即将升起。
我要送你很多梳子,
送你很多戒指!

树枝间的新月,
无法把任何人照看。
我要送你很多手镯,
很多项链,很多耳环!

浓密的鬃毛之下,
闪烁着明亮的眼睛!
您那些旅伴会嫉妒吗?
纯种的马脚步轻盈!

一九一四年十二月六日

七

像雪花欢快地闪耀,
您的灰皮袄,我的貂皮袄,
如同在圣诞前的市场,
我们把最鲜艳的彩带寻找。

我吃光不甜的华夫饼,
粉色的饼干我吃了六块!
我喜欢所有的枣红马,
因为对您的爱戴。

枣红的外衣像风帆,
人们向我们兜售破布,

像在莫斯科漂亮小姐中,
愚蠢的村妇也出众。

像在人们散去的时候,
我们不情愿地走进教堂,
您在古老的圣母像上
短暂地停留目光。

这眼含忧郁的面容,
多么高贵,多么疲惫,
在伊丽莎白时代的神龛,
四周布满丰满的爱神。

您说一声:"我真想要她!"
然后放下我的手,
您小心翼翼起身,
在烛台插上黄蜡烛……

哦,戴着白戒指的世俗的手!
哦,我真是遭殃!
我似乎答应过您,
今夜去偷盗圣像!

像走进修道院的客栈,
欢乐的钟声和落日,
像是在过命名日,

我们像士兵一样高呼。

我要一直美丽到老,
我对您发誓,再撒点盐,
我三次抓到红桃 K,
您因此勃然大怒!

您拥抱我的脑袋,
爱抚每一绺卷发,
冰凉地紧贴我的嘴唇,
是您小小的珐琅胸花。

我用我惺忪的面颊
抚摸您细长的指头,
您像男孩一样挑逗我,
您喜欢这样的我……

一九一四年十二月

八

就像年轻的幼芽,
自由地挺起脖颈。
谁能说出她的名字,
她的故乡、世纪和年龄?

苍白双唇的弧线

任性而又平常,
额头却高高隆起,
就像贝多芬一样。

渐渐融化的椭圆,
纯洁到让人动容。
会遭鞭打的那只手,
在银戒指中消瘦。

手,恰当的结合,
它探入了丝绸,
一只不可重复的手,
一只美妙的手。

一九一五年一月十日

九

你走着自己的路,
我没有碰你的手。
可我的忧伤过于永恒,
你是我的第一个女人。

心儿很快道出:"爱人!"
我胡乱原谅你的一切,
一无所知,甚至不知姓名,
哦,爱我,请你爱我!

我知道,凭借双唇的弧线,
凭借双唇强化的骄横,
凭借眉毛沉重的凸起,
这颗心正准备进攻!

裙子像黑色的丝绸铠甲,
嗓音有些嘶哑像吉卜赛人,
你的一切我都无比喜欢,
甚至喜欢你不是美人!

美啊,你不会在夏季凋零!
你不是花,是钢铁的茎,
比毒更毒,比锋利更锋利,
你来自哪座岛屿?

你用扇子或拐杖胡闹,
在每根血管,每根骨头,
在每一根恶毒的指头,
男孩的莽撞,女人的温柔。

用诗句抵挡一切嘲笑,
我为你和世界打开
你内心为我们准备的一切,
有贝多芬额头的陌生女郎!

一九一五年一月十四日

十

我能否不去回忆
白玫瑰①香水和茶水,
燃烧的壁炉上方
那些法国瓷器小人……

我身着华丽的裙子,
它用金色的绸缎做成,
您身披针织的黑外衣,
竖起笔挺的衣领。

我记得您进门时的脸色,
脸上没有一丝红润,
记得您如何站起身,
咬着指头,低着头。

您的额头很威严,
头戴沉重的褐发头盔,
不是女人,不是男孩,
是比我强大的物体!

没有缘由的动作

---

① 原文是英语。"白玫瑰"是当时流行的一种香水品牌。

我们被包围,我起身。
有人开玩笑的声音:
"认识一下,先生们。"

您用悠长的动作,
把手放进我的手,
我的掌心像有块冰,
一阵持续的温柔。

与斜着眼睛的人一起,
已经预料到了争执,
我在沙发上半躺,
转动手上的戒指。

您掏出一根香烟,
我用火柴为您点火,
您若盯着我看,
我会不知所措。

我记得,我们的酒杯
在蓝色果盘上碰响。
"做我的俄瑞斯忒斯[①]!"
我为您把花献上。

---

① 俄瑞斯忒斯,希腊神话中的人物,与皮拉德斯是表兄弟,他俩甘愿为对方献出生命。

灰色的眼睛闪烁着,
您用长长的动作,
从黑麂皮包里掏出
头巾,然后扔在地上。

              一九一五年一月二十八日

十一

所有的眼睛都被阳光刺痛,
一天与一天不同。
我会告诉你的,
如果我不忠:

无论吻谁的嘴唇,
我总在爱的时辰,
无论我用黑色的午夜
可怕地诅咒何人,——

活下去,像母亲吩咐婴儿,
像是让花朵绽放,
永远别去窥视
任何人的方向……

见到柏树十字架了?
"你对它不陌生。"
在我的窗下吹口哨吧,

一切都会睡醒。

　　　　　　　一九一五年二月二十二日

十二

莫斯科近郊的山冈泛蓝,
回暖的空气中有尘土和焦油。
我睡了一天,笑了一天,或许,
我的冬季病已经到头。

我尽量静悄悄地回家:
未写成的诗,并不惋惜!
车轮声和炸桃仁更可贵,
我觉得胜过任何诗句。

脑袋空虚到美妙,
心灵因此十分充盈!
我的日子像细细的波纹,
我在桥上看水波不兴。

在乍暖的温柔空气里,
某人的目光过于温柔……
我已得了夏季病,
当我的冬季病刚刚结束。

　　　　　　　一九一五年三月十三日

十三

在分手的前夜,
在爱情的尽头,
我要重复,我爱过
你权威的双手。

你权威的双眼,——
你看人的眼神!
你的眼睛需要说明,
因为偶然的眼神。

上帝看清了你
和你该死的激情!
你的激情需要报应,
因为偶然的叹息。

我还要疲惫地说:
"你别急着倾听!
你的灵魂起身,
压着我的灵魂。"

我还要对你说:
"还是到了尽头!
在你的吻之前,

这只嘴巴很年幼。"

相遇的目光,大胆明亮,
五岁的心灵……
有福的,是没在人生路上
遇见你的人。

一九一五年四月二十八日

十四

有一些名字像芬芳的花,
有一些眼神像舞动的火……
有一些扭曲的黑色嘴巴,
嘴角有深刻、潮湿的皱纹。

有一些女人。她们的头发像盔甲,
扇子发出淡淡的死亡气息。
她们三十岁。为什么你需要
我这颗斯巴达男孩的灵魂?!

一九一五年耶稣升天节

十五

我想站在镜子旁,
那里有朦胧的梦,有浑浊,

我想探询您去哪里，
哪里是您的避难所。

我看见，船上的桅杆，
您置身甲板……
您置身火车的烟雾……
黄昏的田野在怨诉……

黄昏的田野洒满露珠，
乌鸦翻飞在田野上……
我真心祝福您，
无论您去往何方！

一九一五年五月三日

十六

你爱过第一个女人
盖世绝伦的美，
鬈发里有指甲粉，
喇叭怨诉的呼声，
碎石在马蹄下呼啸，
矫健地从马上跳下，
宝石般的麦浪中，
两叶彩色的小舟。

你爱第二个女人

弯弯的柳叶眉,
丝绸的地毯,
粉色的布哈拉①出产,
手上戴满戒指,
脖子上有胎记,
袖口露出永恒的日晒,
夜半的伦敦城。

你的第三位女人,
她也可爱可亲……

奇女子啊,我留下了什么,
在你的内心?

一九一五年七月十四日

十七

您会记起:我珍视我的一根头发,
胜过珍视所有人的脑袋。
您去吧……您也,
您也去吧,您也。

您会不爱我,不爱一切!
清晨守护的不是我!

---

① 布哈拉,中亚古城,位于乌兹别克斯坦。

我可以平静出门,
站一会儿,在风中。

      一九一五年五月六日

致阿赫马托娃*

瘦削的身段不像俄国人,
俯向一部部巨著。
突厥国的纱巾低垂,
像是一件斗篷。

您在表达您自己,
像一道黑色的曲线。
您的欢乐有冷漠,
忧郁却有热度。

您全部的生活是寒战,
它将如何结束?
愁云一时布满
年轻恶魔的额头。

---

* 此诗献给安娜·阿赫马托娃(1889—1966)。作为俄国白银时代最杰出的两位女诗人,茨维塔耶娃和阿赫马托娃惺惺相惜。茨维塔耶娃一九一二年在读了阿赫马托娃的诗集《黄昏集》后表示激赏,除此诗外她还写有一组由十二首诗构成的组诗《致阿赫马托娃》(1916),但在两人于一九四一年六月七至八日在莫斯科首次相见前后,她们的关系已趋于冷淡。

赢得人间每个男人，
对您是小事一桩！
您赤手空拳的诗句，
瞄准我们的心房。

像是四点一刻，
在惺忪的晨光下，
我已爱上了您，
安娜·阿赫马托娃。

一九一五年二月十一日

"他们看见了什么?"

他们看见了什么?
年轻的身体披着大衣。
无人知道,无人知道,
大衣的下摆像暴雨。

我的脚步年轻准确,
像我的年纪一样锐利。
这就是我的步态,
它藏着我的所有真理。

我在永远地离去,
我想,这个春日
会记住我的奔跑,
我疯狂影子的奔跑。

空气全都在谄媚,
要我把速度提高一倍。
没有风,但是,
风在这脑袋上方吹!

房门一扇接一扇闪过,
整个世界在身旁飞。
我只知道自己的脸庞。
今天我的脸庞很残忍。

像鸟儿夜半的叫声,
我的飞跑也很锐利。
我感到,在这一时刻,
我的脑门劈开了乌云!

     一九一五年耶稣升天节

"我喜欢您不因为我而痛苦"

我喜欢您不因为我而痛苦,
我喜欢我痛苦并不因为您,
我喜欢沉重的地球
从未在我们脚下漂移。
我喜欢可以变得可笑,
变得放荡,不再玩弄词语,
不再脸红,因为窒息的波浪,
因为两人衣袖的轻轻触及。

我还喜欢您当着我的面
平静地把另一个女人拥抱,
当我吻的男人不是您,
您也没有地狱之火燃烧。
我喜欢无论白天黑夜,
您都不会忆起我的芳名……
我喜欢在教堂的寂静里,
无人在我俩头顶唱起赞美!

感谢您,用心和手感谢,

因为您自己也不清楚
您如此爱我！因为我夜间的安宁，
因为在落日时分很少相遇，
因为我们不在月下散步，
因为太阳不在我们头顶，
因为，唉，您不因为我而痛苦，
因为，唉，我痛苦并不因为您。

一九一五年五月三日

"我知道真理！让先前的真理见鬼！"

我知道真理！让先前的真理见鬼！
天下的人们不该相互战斗。
看:已是黄昏;看:快到夜晚。
诗人、情人和统帅在想什么？

风已经吹拂,大地已有露珠,
星空的暴风雪将很快停息,
我们大家将很快长眠地下,
在地下也不让对方入睡。

一九一五年十月三日

"两个太阳在变冷,上帝啊,请宽恕!"

两个太阳在变冷,上帝啊,请宽恕!
一个太阳在天上,一个太阳在我胸膛。

这两个太阳,我能把自己原谅?
这两个太阳,已经让我疯狂!

两个太阳在变冷,它们的光芒不烫!
最先变冷的,是更热的太阳。

一九一五年十月六日

"我被赐予可爱的声音"

我被赐予可爱的声音,
还有脑门出色的凸起。
命运吻过我的嘴唇,
命运教会我争第一。

我把慷慨的赐予付给嘴唇,
我向棺木撒去玫瑰花……
奔跑中的我,被命运
用沉重的手掌揪住头发!

一九一五年十二月三十一日于彼得堡

"没有人夺走任何东西!"*

没有人夺走任何东西!
我们分手后我感到甜蜜。
我在吻您,远隔
分离我们的数百公里。

我知道,我们的天赋不等,
我的声音第一次安静。
与您比较,我没有修养的诗,
就是年轻的杰尔查文。

我祝福您可怕的飞翔:
飞吧,年轻的鹰!
您忍受阳光,不眯起眼睛,
我年轻的眼神是否很沉?

～～～～～～～～～～

* 此诗献给奥西普·曼德尔施塔姆(1891—1938),茨维塔耶娃一九一五年结识曼德尔施塔姆,一九一五至一九一六年这两位大诗人间曾有过一场短暂恋情,两人均很推崇对方的诗,除此诗外茨维塔耶娃另有多首诗献给曼德尔施塔姆,后者也写有多首献给茨维塔耶娃的诗。

我在您身后看着您,
没有人比我更温情更坚毅……
我在吻您,远隔
分离我们的数百公里。

      一九一六年二月十二日

莫斯科诗抄*

一

四周是云,
四周是教堂穹顶,
把你举到莫斯科上方,
需要多少手臂!
我举起你,最好的重负,
我这没有分量的
一棵小树!

在这神奇的城,
在这宁静的城,
我就是死在这里,
也会觉得开心,
你会称王,你会痛苦,

~~~~~~~~~~~~~~~~~~~
* 茨维塔耶娃是莫斯科的女儿,出生在莫斯科的她深爱这座"被彼得抛弃的城市",写下大量莫斯科主题诗作,她和马雅可夫斯基、帕斯捷尔纳克等一起,使莫斯科自二十世纪初开始了与彼得堡的文学竞争。

哦,接受桂冠吧,
我的长子!

你要斋戒忏悔,
不要涂脂描眉,
你要一一清点,
一千六百座教堂。
你要步行,用年轻的脚步,
踏遍辽阔的
七座山冈。①

很快就会轮到你:
你也会把莫斯科
交给你的女儿,
怀着温柔的悲伤。
我只要自由的梦,钟声,
只要瓦岗卡墓地②
清晨的霞光。

一九一六年三月三十一日

---

① 莫斯科因教堂众多而有"一千六百座教堂之城"的别称;莫斯科建在七座山冈之上。
② 瓦岗卡墓地,莫斯科一座墓地。

二①

请从我手里接受这非人工的城池,
我奇怪的兄弟,我漂亮的兄弟。

教堂上方,一千六百座教堂,
有成群的鸽子翻飞翱翔。

克里姆林宫救主门饰满鲜花,
门上的东正教穹顶已被取下。

缀满金星的教堂,远离恶的修道院,
无数亲吻擦净那儿的地面。

请接受这五座教堂的圆周②,
我古老的朋友,我天才的朋友。

走向花园里的报喜节教堂,
我领着这位外地的客人。

金色的穹顶闪闪发光,

---

① 此诗以及这组诗的第三首都是献给奥西普·曼德尔施塔姆的。一九一六年,茨维塔耶娃曾领曼德尔施塔姆游览莫斯科。
② 五座教堂的圆周,指克里姆林宫内的教堂广场。

不眠的大钟声音洪亮。

圣母从紫红的云层
给你降下她的帡幪。

你站起身,充满神奇的力量……
你不会后悔你曾爱我一场。

一九一六年三月三十一日

三

绕过夜间的塔楼,
广场赶着我们飞驰。
哦,多么可怕,
年轻士兵夜间的吼声!

吼吧,响亮的心!
热烈地吻吧,爱情!
哦,这野兽般的吼声!
哦,这狂暴的血液!

我的嘴巴滚烫,
虽然样子像修女。
就像金色的匣子,

伊维尔教堂①在闪亮。

你要淘气到底,
再把蜡烛点燃,
好让你我今天
未能如我的所愿。

一九一六年三月三十一日

四

据说,会有悲伤的一天!
我的双眼像移动的火焰,
却因他人的硬币而冷却,
不再哭泣,不再燃烧,不再威严。
像同面人发现同面人,
缥缈的面孔现出另一张脸来,
哦,我终于能赢得你,
端庄城市的美丽飘带!

我在远处能看见你们吗?
朝圣者走在黑色的路上,
慌乱地画着十字,
走向我伸出的手掌,
走向我解禁的手掌,

---

① 伊维尔教堂位于红场入口处。

走向我虚幻的手掌。

哦第一次,我完全不拒绝
你们送上的鲜艳亲吻。
从头到脚把我包裹,
端庄城市的美丽头巾。
今天是我神圣的复活节。
没有什么会让我害羞。

我走在古城莫斯科的街道,
你们也会在这里行走。
没有一个人会途中掉队,
砸向棺材板的第一锹土,
最终总归会灵验,
那自私孤独的梦。
玛丽娜往后再无需求,
这刚刚逝去的贵妇。

一九一六年四月十一日,复活节首日

五

被彼得抛弃的城市①的上空,
钟声的雷霆在滚动。

---

① 被彼得抛弃的城市,指莫斯科,一七一二年彼得大帝将俄国首都自莫斯科迁至圣彼得堡。

被你抛弃的女人的上空,
呼啸的巨浪在涌动。

赞美沙皇彼得,也赞美您!
可是帝王们啊,高过你们的是钟声。

当钟声在蔚蓝中轰鸣,
它无疑是莫斯科的冠军。

一千六百座教堂,
都在嘲笑帝王们的狂妄!

一九一六年五月二十八日

六

莫斯科郊外蔚蓝森林的上空,
钟声的雨水淅淅沥沥。
盲人们走在卡卢加大道上,——

漂亮的、歌唱的卡卢加大道,
它在抹去恭顺朝圣者的姓氏,
他们在黑暗中歌唱上帝。

我想,有朝一日,
厌倦你们这些朋友和敌人,

厌倦俄罗斯语言的容忍,

我把银十字架戴在胸前,
画着十字,静静上路,
沿着卡卢加古道。

一九一六年圣三一节

七

七座山冈像七口大钟!
七口大钟上有钟楼。
总共一千六百座。
七座山冈大钟!

在这鸣钟的赤金的日子,
使徒女约翰①降生。
家是蜜饼,周围是篱笆,
是教堂的金顶。

我喜爱、我喜爱第一声钟鸣,
像修女们向弥撒涌去,
我喜爱火炉的燃烧,灼热的梦,
还有邻院的女巫医。

---

① 女约翰,指茨维塔耶娃,她生于九月二十六日,这一天是基督教日历中的使徒约翰纪念日,因此她自称"女约翰"。

让莫斯科所有败类来送我吧,
傻子、窃贼和鞭笞派教徒!
神父,把我的嘴巴堵得更死,
用莫斯科钟声的泥土!

一九一六年七月八日于喀山镇

八

莫斯科!巨大的房屋,
接纳朝圣者的大屋!
每个俄国人都无家可归。
我们全都向你走去。

靴筒插着刀子,
肩膀被烙印玷污,
远远地,远远地,
你始终在发出招呼。

我们有位神医,
处子潘泰莱蒙①,
能治愈苦役犯的烙印,
能治愈一切痛苦。

---

① 潘泰莱蒙,东正教中的圣医,其在圣像画中的形象为一位少年。

在那扇门的后面,
在人们涌入的地方,
伊维尔圣母像①在闪亮,
像赤金的心脏。

哈利路亚的赞美声
流向黢黑的田野。
我亲吻你的胸口,
莫斯科的土地!

一九一六年七月八日于喀山镇

九

花楸树点燃
红色的珠串。
树叶飘落,
我降生。

数百口大钟
争执不休。
今天是周六,
圣徒约翰纪念日。

---

① 伊维尔圣母像用赤金镶嵌而成,悬挂在伊维尔教堂,伊维尔教堂因此幅著名圣母像得名。

直到如今
我依然喜欢
咬一咬热烈的花楸树
那苦涩的珠串。

     一九一六年八月十六日

"欢乐吧,灵魂,大吃大喝吧!"

欢乐吧,灵魂,大吃大喝吧!
总有那么一天,
你们会把我安放
在四条道路中间。

在那儿的空地上
有狼和乌鸦,
请在我的上方立起路牌,
就像十字架!

这些该死的去处,
我在夜间并不恐惧。
你这无名的十字架,
请在我的上方高高竖立。

朋友们,你们许多人
因为我而酒足饭饱。
请没过我的头顶,
这原野的杂草!

教堂的昏暗中,
你们别点燃蜡烛。
我不要永恒的记忆,
在亲爱的故土。

一九一六年四月四日

失　眠

一

失眠为我的眼睛
画上深色的眼圈。
失眠为我的眼睛
编成深色的桂冠。

是的！每天夜晚，
你别去祈祷偶像！
我出卖了你的秘密，
崇拜偶像的女郎。

你嫌—白昼—太短，
你嫌阳光太少！

脸色苍白的女郎，
请戴上我的一对指环！
你呼唤，呼唤来

深色的桂冠。

你很少—把我—召唤?
你很少—与我—共枕?

你躺下,面色轻松。
人们在顶礼膜拜。
失眠啊,我将成为
你的催眠者:

"睡吧,女人,
睡吧,你会心宽,
你会得到奖赏,
你会头戴桂冠。"

为了—睡得—更轻松,
我要—做你的—歌手:

"睡吧,你这
不安宁的女友!
睡吧,宝贝,
睡吧,失眠的女友。"

无论我们给谁写信,
无论我们向谁发誓……
你好好安睡。

永不分手的女友
就这样分手。
你的一双小手
就这样从手中抽走。
可爱的女受难者啊,
就这样不再受苦。

睡梦—神圣,
众人—安睡。
桂冠—被摘走。

一九一六年四月八日

二

我喜欢
亲吻双手,
也喜欢
给人起名,
我还喜欢
敞开房门!
敞向黑色的夜晚!

双手抱头,
听沉重的脚步
在何处变得轻盈,

听风儿摇动
似睡非睡的
森林。

啊,黑夜!
何处泉水流淌,
我想入睡。
我几乎入睡。
夜间的何处
有人溺亡。

一九一六年五月二十七日

三

在我硕大的城——黑夜。
我离开睡意的家——出门。
人们都想着妻子和女儿,
我只记得——黑夜。

七月的风为我——扫路,
一扇窗户似有音乐——飘出。
唉,今夜的风要吹到——天明,
穿透薄薄的胸腔直到——胸口。

黑色的白杨,窗口——有光,
钟楼的钟声,花朵——在手,

身后的脚步声——无人,

这是影子,我不——存在。

路灯——像金色的珠串,

口含夜的叶片——清新。

朋友们,挣脱白昼的束缚,

等着,我将被你们——梦见。

一九一六年七月十七日于莫斯科

四

失眠之夜后身体软弱,

它变得可爱,却不属于我和任何人。

箭矢还在滞缓的血管中呼啸,

你像天使对人们微笑。

失眠之夜后双手软弱,

敌人和朋友都完全无动于衷。

每个偶然声响里都有完整的彩虹,

严寒中突然发出佛罗伦萨的气息。

双唇温柔地闪亮,凹陷的眼窝,

眼窝周围的暗影更像金子一般。

这是黑夜在点亮这最光明的脸庞,

只有我们的眼睛因为黑夜变暗。

一九一六年七月十九日

五

如今我是天外来客,
在你的国度。
我看见森林的失眠,
看见田野的梦。

黑夜里在何处,
马蹄爆破草地。
在沉睡的畜棚,
母牛在沉重地叹息。

我会忧伤地告诉你,
怀着全部的温情,
说说那只放哨的鹅,
说说沉睡的鹅群。

双手探入狗毛,
是一条白狗。
之后,将近六点,
黎明已经抬头。

一九一六年七月二十日

六

今夜我孤身一人走进黑夜,
无家可归的失眠修女!
今夜我拥有许多钥匙,
能打开唯一都城的所有大门!

失眠推我上路。哦,你多美,
我朦胧的克里姆林宫!
今夜我亲吻大地的胸膛,
亲吻整个战斗的地球!

竖起的不是毛发,而是皮袄的毛,
窒息的风直接吹进灵魂。
今夜我怜悯所有人——
被怜悯的人,被亲吻的人。

一九一六年八月一日

七

温柔,纤细,
松树上传出声音。
我在梦中看见
黑眼睛的幼婴。

红色的小松树
流出滚烫的树脂。
在我美妙的夜晚,
心脏忍受锯齿。

一九一六年八月八日

八

黑得像瞳孔,像瞳孔一样吸收光,
目光锐利的夜啊,我爱你。

让我歌唱你吧,歌的始祖,
你握着八面来风的笼头。

呼唤你,颂扬你,我只是
一枚留有大海涛声的贝壳。

夜啊!我已看够人的瞳孔!
夜,你这黑太阳,请把我烧成灰!

一九一六年八月九日

九

夜里谁在睡觉?没有一个人!
婴儿在摇篮里哭喊,

老人奄奄一息,
小伙子和恋人说话,
吻她的唇,看她的眼睛。

一旦入睡,还能再次醒来吗?
我们来得及,来得及入睡!

机警的守夜人挨家串户,
提着粉红色的灯,
清脆的梆子敲响,
变成枕边细碎的轰鸣。

别睡! 坚持! 我说的是好话!
否则就是永恒的梦! 永恒的家!

一九一六年十二月十二日

十

瞧又是一扇窗,
窗后的人也没睡。
也许在喝酒,
也许在干坐。
也许就是两个人
在紧紧拥抱。
朋友,每座楼
都有这样一扇窗。

敞向黑夜的窗户啊，
你是离别和相见时的惊叹！
数百只蜡烛，
也许是三支……
我思绪翻滚，
始终没有安宁。
我的家里
也是这样。

朋友，祈祷吧，为失眠的家，
为亮灯的窗！

一九一六年十二月二十三日

十一①

失眠！我的朋友！
我再次遇见
你递过酒杯的手，
在无声地
作响的黑夜。

---

① 这首诗献给音乐家斯克里亚宾的遗孀塔吉亚娜·斯克里亚宾娜（1883—1922），她受失眠折磨，最终不治而终，在她病重期间茨维塔耶娃曾在夜间陪伴她。

"开心一下!

抿一口!

不是高飞,

我在走向

深处……

用嘴唇抿一口!

宝贝!朋友!

抿一口!

开心一下!

干了它!

所有的激情

都要躲避,

所有的消息

冷静面对。"

"朋友!"

"听话。

张开嘴!

用全部的温柔

抿住雕花酒杯的

边缘,

吸一口,

咽下去。"

"别这样!"

"哦朋友!请原谅!

开心一下!

干杯!

所有激情中最热烈的
激情,所有死亡中最温柔的
死亡……开心一下!
我的手心做杯,干杯!"

世界失踪。不见
被淹没的堤岸……
"喝吧,我的小燕子!
杯底是溶解的珍珠……"

你在畅饮大海,
你在畅饮霞光。
与哪位情人的共饮,
孩子,
能与我
相提并论?

如果有人问(我会怂恿!),
说腮帮不够鲜艳,
你就说,是与失眠同醉,
是与失眠同醉……

一九二一年五月

致勃洛克*

一

你的名字是手中的鸟,
你的名字是舌尖的冰,
双唇只需运动一次,
你的名字是五个字母①。
空中被接住的小球,
嘴里衔着的银铃,

扔进静静池水的石头,
呜咽着像你的姓。
夜间轻轻的马蹄声,
敲响你如雷的名。

～～～～～～～～～～

* 这组诗献给诗人勃洛克(1880—1921)。茨维塔耶娃不认识勃洛克,但在一九二○年五月九日、十四日在莫斯科听过他的两次讲座,从此对勃洛克的喜爱和崇拜持续终生,在许多诗文中写到他。

① "勃洛克"这个姓氏在一九一七年文字改革后的俄语中只有四个字母(Блок),但之前有五个字母(Блокъ)。

对准脑门抠响的扳机,
向我们提起你的尊称。

你的名字是禁忌!
你的名字是吻眼睛,
吻静静眼睑温柔的寒意,
你的名字是吻雪花。
一口天蓝色的冰泉……
唤着你的名字,梦深沉。

一九一六年四月十五日

二

温柔的幽灵,
无懈可击的骑士,
是谁命你闯入
我年轻的生活?

在灰蓝的雾霭,
你站立,身披
雪白的法衣。

不是风儿驱赶,
让我走遍全城。
哦,已是第三晚,
我觉察到敌人。

你这蓝眼睛的,
雪白的歌手,
给我带来了灾祸。

雪白的天鹅
在我脚下铺满羽绒。
羽绒漫天飞舞,
缓慢飘入雪中。

我踏着羽绒,
走向一扇门,
门后就是死神。

他在为我歌唱,
在蓝色窗户后方,
他在为我歌唱,
就像远方的铃铛,

像悠长的喊声,
像天鹅的叫声,——
他在呼唤。

亲爱的幽灵!
我知道这全是我的梦境。
发发慈悲吧:

阿门,阿门,请你散去吧!
阿门。

一九一六年五月一日

三

你走向太阳的西方,
你会看到傍晚的霞光,
你走向太阳的西方,
暴风雪把足迹遮挡。

冷静的你,在雪的寂静中,
你缓缓走过我的窗,
我漂亮的神圣君子,
你是我灵魂静谧的光。

我不眼馋你的灵魂!
你的道路坚不可摧。
在你被吻得苍白的手掌,
我不会钉入自己的铁钉。

我不会直呼其名,
也不会张开臂膀。
我只会远远地膜拜
蜡像般的神圣脸庞。

置身缓慢的落雪,
我双膝跪入雪地,
为了你神圣的名字,
我亲吻傍晚的雪地。

迈着庄重的步伐,
你走进墓地的寂静,
静谧的光,神圣的荣誉,
你主宰我的灵魂。

一九一六年五月二日

四

给野兽以巢穴,
给朝圣者以道路,
给逝者以棺木,
各得其所。

让女人去撒娇,
让皇帝去施政,
让我来赞美,
把你的名字赞美。

一九一六年五月二日

五

在我的莫斯科,穹顶闪亮!
在我的莫斯科,大钟鸣响!
在我那里有成排的灵柩,
里面躺着皇后和沙皇。①

你不知道,克里姆林宫的霞光
最轻盈,胜过人间任何地方!
你不知道,我在克里姆林宫祈祷,
用霞光为你祈祷,直到天亮!

你走在你的涅瓦河上,
此时我却在莫斯科河边,
我垂着脑袋站在这里,
路灯困得睁不开眼。

我用所有的失眠爱你,
我用所有的失眠听你,
此时在整个克里姆林宫,
敲钟的人已经睡醒……

可你我的河没有汇合,

---

① 莫斯科克里姆林宫的教堂中安葬着许多俄国皇亲国戚。

可你我的手没能握上,
我的欢乐啊,至今,
无法赶上霞光的霞光。

一九一六年五月七日

六

人们以为他是凡人!
人们强迫他死去。
如今他死了,一去不回。
"请为死去的天使哭泣!"

他在日落时分
歌唱傍晚的美丽。
三根蜡烛的火光
在虚伪地战栗。

他发出万道光芒,
炽热的光在雪地流淌!
三根蜡烛面对太阳!
面对发光的地方!

哦,你们看吧,
黑色的眼窝陷得多深!
哦,你们看吧,
他的翅膀已经破损!

黑衣修士在诵经,
欢快的手在画十字……
死去的歌手在安睡,
在欢庆复活的日子。

一九一六年五月九日

七

或许,那片树林后面,
就是我住过的村庄,
或许,爱情更为简单,
不似我先前的希望。

"嘿,该死的傻瓜们!"
车夫起身扬鞭,
喊声之后是鞭打,
重新响起铃铛声。

碾过歪斜的可怜的庄稼,
掠过一根根树桩。
电线在天空下歌唱,
不停地歌唱死亡。

一九一六年五月十三日

八

一群牛虻围着无动于衷的驽马,
家乡卡卢加的红布在风中飘扬,
鹌鹑的鸣叫,广袤的天空,
钟声的波浪掠过小麦的波浪,
谈谈德国人,至今没谈够,
蓝色的树林后有黄色的十字架,
甜蜜的暑热,普照的阳光,
你的名字听起来像是"天使"。

一九一六年五月十八日

九①

像一道微光穿透地狱的黑暗,
你的声音在炮弹的轰鸣中响起。②

轰鸣声中,有一位天使
声音低沉地叙述故事,——

在古代一个朦胧的早晨,
他爱过我们这些无名的盲人,

---

① 此诗写于一九二〇年五月九日的勃洛克诗歌朗诵会之后。
② 一九二〇年五月九日,莫斯科的军火库发生爆炸。

因为蓝色斗篷,因为背信弃义……
比所有人更温柔,更深入,

步入沉没的夜,去施展拳脚!
俄罗斯,他对你的爱不曾①动摇。

失却的指头还在抚摸,
抚摸鬓角……还在叙述,

我们面临什么岁月,上帝如何欺骗,
你如何呼唤太阳,太阳却不升起……

于是,像单身牢房的囚徒
(或像婴儿在梦中呓语?),

勃洛克出现在我们面前,
他神圣的心像宽阔的广场!
一九二〇年五月九日

十②

瞧,是他,在异乡走得累了,

---

① 加着重部分文字在原文中为斜体,之后不再一一加注。
② 此诗以及这组诗的第十二、十三、十四首均写于勃洛克去世后的第九天。

没有卫队的首领。

瞧,他手捧山泉喝水,
没有国土的王公。

那里他有一切:公国和队伍,
粮食和慈母。

你的遗产丰厚,去拥有吧,
没有朋友的朋友!

一九二一年八月十五日

十一

你将是我们的修士:
漂亮的、可爱的修士,
成为手抄的经书,
柏木做成的匣子。

你将是所有女人的儿子,
她们那些年轻女人,
我们这些已婚女人,
还有所有白发女人,

你将是所有女人的长子,
离去的、被弃的孩子,

你是我们奇怪的拐杖,
你是我们过早的香客。

我们所有人排成队,
在斯摩棱斯克墓地①,
寻找铭文简短的十字架,
所有人都不敢相信。

所有人的儿子,所有人的继承人,
所有人最早和最后的儿子。

一九二一年八月十五日

十二

他的友人们啊,你们别惊扰他!
他的仆人们啊,你们别惊扰他!
他的脸上清楚地写着:
我的王国不属于这个世界。

预言的暴风雪沿着血管飞旋,
佝偻的双肩被翅膀压弯,
你把你天鹅般的灵魂置入
歌唱的缺口,凝固的火焰!

---

① 勃洛克于一九二一年八月七日去世,八月十日下葬彼得格勒斯摩棱斯克墓地,后迁葬沃尔科夫墓地。

落下吧,落下,沉重的铜!
翅膀深知权利:飞翔!
嘴唇喊出一个词:回答!
我知道,并不存在死亡!

他畅饮朝霞,他畅饮大海,
开怀畅饮。不需要追悼弥撒!
永恒的统治者说:做!
为他送来足够的食物!

一九二一年八月十五日

十三

平原之上,
天鹅的鸣叫。
母亲啊,你没认出儿子?
这是他从云间飞来,
这是他的最后道别。

平原之上,
预言的风暴,
姑娘啊,你没认出男友?
衣衫褴褛,翅膀带血……
这是他的最后话语:"活下去!"

罪恶的平原之上,
闪耀的飞升。
信教者夺去灵魂,赞美!
苦役犯获得床铺和放风。
继子走进母亲的家。阿门。

一九二一年八月十五至二十五日

十四

不是骨折的肋骨,
是折断的翅膀。

不是被枪手洞穿的胸口。
这颗子弹没取出。

没修补翅膀。
残疾人出门。

*　　*　　*

头上的荆冠很紧,很紧!
逝者无需百姓的心动,

无需女人天鹅绒般的逢迎……
他走过,冷漠又孤独,

无眼雕像的空洞
在将日落冰冻。

他身上唯一的生命,
是折断的翅膀。

一九二一年八月十五至二十五日

十五

没有召唤,没有词语,
像泥瓦匠摔下屋顶。
也许,你再次到来,
此刻在摇篮安睡?

你在燃烧,不暗淡,
诞生数周的的灯盏……
是哪位人间女子
在摇动你的摇篮?

无上幸福的重负!
先知般歌唱的芦苇!
哦,谁能告诉我,
你在哪个摇篮安睡?

"趁他尚未被出卖!"
就是怀着这种嫉妒,

我要走遍俄罗斯大地,
开始伟大的行走。

从这一端到另一端,
我走遍北方的国度。
哪儿是他伤口般的嘴巴,
是他沉重的蓝色眼神?

抱住他!更紧地拥抱!
爱他,只要去爱他!
哦,谁能悄声告诉我,
你在哪个摇篮安睡?

一粒又一粒珍珠,
薄纱的朦胧遮蔽。
头饰上尖利的暗影,
不是月桂,是刺李。

不是帷幕,是鸟,
它张开一对白色翅膀!
第二次的诞生,
为了让风雪再次飞扬?!

抓住他!举得更高!
千万别把他交出!
哦,谁能提醒我,

你在哪个摇篮安睡?

或许,我的功绩虚妄,
我的劳作没有意义。
像被埋入泥土,或许,
你会睡到号角响起。

我又看见,你的两鬓
有巨大的凹陷。
号角也难以唤起
这深重的疲倦!

强大威严的牧场,
锈迹斑斑的可靠静谧。
守夜人会指给我看,
你在哪个摇篮安睡。

一九二一年十一月二十二日

十六

像梦者,像醉汉,
匆忙间没有准备。
太阳穴的凹坑,
就是失眠的良心。

两个空空的眼窝,

僵死却又闪亮。
是梦者和全知者
空空的玻璃窗。

是你吗,
经受不住她窸窣的斗篷?
你回了头,
在走出冥府的山谷。①

是这颗头颅吗,
充满银子般的声响,
沿着惺忪的
赫布罗斯河流淌?②

一九二一年十一月二十五日

十七

好吧,上帝!请收下
我的银币,去建造庙宇。
我不歌唱自己爱的任性,
我歌唱我祖国的伤口。

---

① 俄耳甫斯的妻子欧律狄刻死后,俄耳甫斯下到冥府,用歌声感动冥后,获准带妻子返回人间,但条件是途中不得回头,但在快到人间时,爱妻心切的俄耳甫斯忍不住回头一看,于是妻子又被拉回冥府。
② 失去妻子的俄耳甫斯郁郁寡欢,不敬酒神,被酒神手下的狂女杀害并碎尸,只有头颅和竖琴沿赫布罗斯河漂入大海。

不是守财奴生锈的铁柜,
是被膝盖磨光的花岗岩。
大家都会看到英雄和沙皇,
都会看到教徒、歌手和死人。

摧毁第聂伯河上的冰,
并不羞怯于棺材板。
罗斯在复活节向你漂去,
春潮像成千的嗓门在喊。

好吧,心儿,你哭泣,你赞美!
就让致死的爱情
嫉妒你上千次的哭泣。
另一种爱喜欢合唱。

一九二一年十二月二日

"我在漆黑的午夜走向你"*

我在漆黑的午夜走向你,
寻求最后的相伴。
我是不记得出生的流浪者,
是沉默的航船。

我的城邦里皇位空缺,
修士们笑里藏刀。
每个人都换上皇帝的外衣,
养犬的宦官称王。

谁不曾争夺我的土地?
不曾灌醉卫兵?
谁不曾在夜间熬汤,
不曾点燃霞光?

僭越称王者和恶犬
把我撕得粉碎。

* 此诗献给谢尔盖·埃夫隆。

真正的王啊,在你的宫门,
我像乞丐站立!

一九一六年四月二十七日

"我要收复你,从所有土地,所有天空"*

我要收复你,从所有土地,所有天空,
因为森林是我的摇篮,坟墓是森林,
因为我站在大地,只用一条腿,
因为我为你歌唱,只有我一人。

我要收复你,从所有时间,所有夜晚,
从所有金色的旗帜,所有宝剑,
我扔掉钥匙,把狗赶下台阶,
因为在尘世的夜我比狗更忠诚。

我要收复你,从所有人,从某个女人,
你不会做别人的夫,我不会做别人的妻,
我要从上帝那里夺回你,住口!——
在最后的争吵,在夜间。

但我暂时还不会为你送终,

---

* 此诗写给尼古拉·普卢采尔-萨尔纳(1881—1945),他在十月革命前后对茨维塔耶娃帮助很大,两人关系密切。

哦诅咒！你依然留在你身边：
你的两只翅膀向往天空，
因为世界是你的摇篮，坟墓是世界！

一九一六年八月十五日

"我的女对手,我来见你"*

我的女对手,我来见你,
披着夜半的月光,
当青蛙在池塘搏斗,
当女人们因为怜悯而疯狂。

感动于眼皮的跳动,
感动于你吃醋的睫毛,
我要告诉你,我不是活人,
只是会被梦见的梦。

我要说:"请你安慰我,
有人把钉子钉入我的心!"
我要告诉你,风很清新,
滚烫的是头顶的星星……

一九一六年九月八日

---

* 此诗写给尼古拉·普卢采尔-萨尔纳的妻子塔吉亚娜(1887—1972)。

"落在男友的臂膀"*

落在男友的臂膀,
披风的轻盈翅膀。
我灾难中的旅伴啊,
你知道我的确有翅膀!
可是,我该死的温柔,
唉,你却无处置放!

对温暖充满感激,
你亲吻轻盈的翅膀。

风吹灭了灯火,
吹打彩色的篷帐,
从你的手吹来的风,
吹走了披风的翅膀……
风在喘息:别害死灵魂,
别去爱有翅膀的女人!

一九一六年九月二十一日

---

* 此诗写给尼古拉·普卢采尔-萨尔纳。

"喂,朋友!"

喂,朋友!
在城里砸石头的活儿我们已干够?
我们去小酒馆,
把夜晚消磨。

那是这些人的去处,
那里有人亲嘴和喝酒,酒和泪流淌,
那里有人唱歌,
有人把吃喝递上。

那里给火炉添柴,
那里有刀子在黢黑的指间静静转动。
那里我有理,
那里你优秀。

那里有个女人更黑,
比黑夜还黑,没有人坐到她的身边。
哦,她的眼神!
哦,她的嗓音!

一九一六年十月二十二日

"我想和您一起生活"

……我想和您一起生活,
在一座小城,
那里有永恒的黄昏,
有永恒的钟声。
乡村的小旅店里,
古老的钟表
轻响,像时间的水滴。
傍晚,阁楼里时而传出
长笛声,
吹笛的人站在窗口。
窗口有硕大的郁金香。
或许,您甚至没爱过我……

*　　*　　*

房间中央是贴瓷砖的大火炉,
每块瓷砖都是一幅画:
玫瑰,心,舰船。
唯一的窗户上

是雪,雪,雪。

您或许躺着,躺成我爱的模样:
慵懒,漠然,无忧。
时而刺耳地划着
一根火柴。

香烟忽明忽暗,
烟灰像灰色的短柱,
在烟头处久久颤抖。
您甚至懒得弹掉烟灰,
整支香烟飞进了炉火。

       一九一六年十二月十日

"每个夜晚所有房间都黑暗"

每个夜晚所有房间都黑暗,
每个声音都暗淡。每个夜晚,
人间所有美女都一样,
全都在纯洁地背叛。

每个夜晚,美女和窃贼
全都在彼此交谈。

你经过自己的家,
你的家在夜晚已经走样!
你的邻居也改头换面,
每个人都会背后挨刀。

黑黢黢的参天树木
在衰竭的愤怒中摆动。

唉,阴间的床铺太窄,
在夜晚,每个黑色的夜晚!
唉,我害怕起床,

怕亲吻,怕小声交谈……

祈祷吧,亲爱的孩子们,
为了我,在午夜,在两点多钟。
一九一六年十二月十七日

"我似乎什么都不需要"

我似乎什么都不需要,
除了陌生人火热的眼神,
除了葡萄园琥珀的珠串,——
享受过充分的爱抚,
我似乎只把你抱怨,哦激情!

在大地被冻僵的时辰,
我只幻想着你,哦死神,
幻想你清凉的恩赐,——
就像在幻想他的床铺,
一位因拥抱而疲惫的人。

一九一七年一月一日

"八月是菊花"

八月是菊花,
八月是星辰,
八月是葡萄串,
是赤褐色的
花楸果——八月!

八月,你像孩子玩耍,
玩耍沉重可爱的苹果,
玩耍你帝国的苹果。
像用手掌抚摸胸口,
你用你帝国的名称
抚摸胸口,奥古斯都!①

迟到亲吻的月份,
迟到玫瑰的月份,
迟到闪电的月份!

---

① 在俄语中,"八月"(aвrycт)和"奥古斯都"(Aвrycт)是同音词,故茨维塔耶娃有此联想,"帝国的苹果"指奥古斯都时期金币上的地球图案。

流星雨的八月!
流星雨的月份!

一九一七年二月七日

唐璜

一

在寒冷的清晨,
在拐角,在教堂旁,
第六棵白桦树下,
请您等待,唐璜!

可是,我向您起誓,
凭借未婚夫和性命,
在我的国家,
没有地方亲吻!

我们没有喷泉,
水井也已结冰,
一幅幅圣母像上,
一双严厉的眼睛。

为了不让美女们

听见八卦传闻，
我们有教堂的钟
发出震耳的响声。

就这样活着吧，
我又怕日渐老去，
可是美男子啊，
我的家乡与您不配。

唉，身穿熊皮袄，
您很难辨认，
认出您了，唐璜，
因为您的嘴唇！

　　　　　一九一七年二月十九日

二

在朦胧的霞光中，
暴风雪哭了很久。
人们把唐璜
放上雪的床铺。

没有喧嚣的喷泉，
没有滚烫的星星……
东正教的十字架，
摆在唐璜前胸。

为了让你觉得更亮,
在这永恒的夜晚,
我给你带来一把
塞维利亚的黑扇。

为了让你亲眼看到
女人的美丽,
我在这个夜晚,
把心儿给你送去。

此刻,请您安睡!……
您从遥远的地方
走向我。你的名单
已写满,唐璜!

一九一七年二月十九日

三

在太多的玫瑰、城市和碰杯之后,
唉,莫非您已
懒得爱我?您近乎骨架。
我近乎影子。

我为何知道,您只好去吁求
天上的力量?

我为何知道,我的头发带有
尼罗河的芬芳?

不,我最好告诉您一个童话:
那是在一月。
有人扔了玫瑰。戴面具的修士
提着一盏灯。

一位醉汉的声音在教堂边
祈祷,发狠。
就在此时,卡斯蒂利亚①的唐璜
遇见了卡门。

一九一七年二月二十二日

四

时间在子夜。
月亮像鹰隼。
"你在看什么?"
"随便看看!"
"喜欢吗?""不。"
"认出来了?""也许。"
"我是唐璜。"

---

① 卡斯蒂利亚,西班牙地名。

"我是卡门。"

一九一七年二月二十二日

五

唐璜有一把长剑,
唐璜有一位安娜。
关于不幸的美男子唐璜,
这就是我听说的全部。

可今天我已变得聪明:
我在午夜时分出门,
有人与我同步,
说出许多名称。

奇特的手杖在雾中闪亮……
"唐璜从未有过安娜!"

一九一七年五月十四日

六

丝绸腰带滑落在他脚下,
像一条天堂的蛇……
人们告诉我,我会安心,
当我长眠在地下。

我看到我傲慢、年老的侧影,
她裹着白色的锦缎。
那里有巨人,有吉他,
有身披黑斗篷的青年。

有人躲在面具后:
"辨认!""认不出。""辨认!"
丝绸腰带滑落在广场,
圆形的广场像天堂。

一九一七年五月十四日

七

你在迎面的视线中点燃
淫荡和忧愁,
你走过城市,你野兽般地黑,
天空般地瘦。

你的眼睛蒙着一层疲惫,
像蒙着一层迷雾。
扣眼里插一朵玫瑰,所有口袋
都揣着爱的词组!

是的。透过餐厅里提琴的哀号,
我听到你的召唤。
我向你递去微笑,

窃贼的国王!

我也知道,那道眼神
将张开翅膀,
在卡斯蒂利亚这样看我的,
是你的兄长。

一九一七年六月八日

"吻额头,擦去顾虑"

吻额头,擦去顾虑。
我吻额头。

吻眼睛,赶走失眠。
我吻眼睛。

吻嘴唇,用水滋润。
我吻嘴唇。

吻额头,擦去记忆。
我吻额头。

一九一七年六月五日

茨冈人婚礼

泥泞飞溅,
在马蹄下。
脸上蒙着
盾牌似的面纱。
没有了年轻人,
媒人们,尽情玩耍!
嘿,飞奔吧,
鬃毛飘逸的马!

父亲和母亲
不给我们自由,
整个草原是我们
新婚的床铺!
无酒也醉,无粮也饱,
茨冈人婚礼很神速!

杯子斟满,
杯子喝空。
吉他嘈杂,月亮和泥泞。

腰身左右摆动。
王公成了茨冈人!
茨冈人成了王公!
嘿,先生,小心酒太冲!
这是茨冈人婚礼在喝酒!

在那儿,成堆的
面纱和皮袄上,
钢铁碰出噪音,
嘴唇吻出声响。
项圈儿作答,
马刺儿叮当。
谁人手臂上的丝绸
刺啦一声。
谁人嚎叫如狼。
谁人鼾声如牛。
这是茨冈人婚礼在沉睡。

一九一七年六月二十五日

"我们只打量眼睛,一览无余"

我们只打量眼睛,一览无余,
只有我们的嗓音接近哀号,
我们的喉咙像被什么堵死,
是名叫法律的铁手套。
它把眼泪赶进眼睛,把河水
赶进河岸,把诅咒赶进嘴巴。
铁的自由在催促自由的思想家,
让他从新的桥上跳下。
铁的翅膀掩盖胸膛,
胸膛里有我们的轰鸣和呻吟。
只有在巨大法律的约束中,
我才宽敞,我才明亮,我才平静。

一九一七年八月二十五日

"迟到的光亮让你不安?"

迟到的光亮让你不安?
先生,你别计较!
我失眠。好人失眠,
孤独的人也睡不着觉。

失眠不是我们的负担,
我们习惯在大锅里沸腾。
这样更好。还会有时间,
躯体能在泥土里睡够。

没有哈欠,没有酸痛,
儿子入睡,男友到来。
男友替母亲照看儿子,
就像上帝的使者。

我要享受,趁年轻,
趁无法空房独守,
给女人的生活添加神性:
白天给儿子,夜晚给男友。

一九一七年九月四日

"我记得第一天,婴儿般的残忍"

我记得第一天,婴儿般的残忍,
疲惫和口渴,神仙般的昏沉,
记得手的闲置,心的无心,
胸口像压上石头,落上鹰隼。

如今,因怜惜和暑热颤抖,
只会狼一样嚎叫,只会依偎双腿,
低垂双眼,知道欲望的惩罚——
就是残酷的爱情,苦役般的激情。

一九一七年九月四日

"白得像磨出的面粉"

白得像磨出的面粉,
黑得像被清除的煤灰,
磨坊主和烟囱清扫工,
会得到上帝的奖状。

我们,你倔强的奴隶,
我们这些懒人,黢黑的磨坊主,
雪白的烟囱清扫工,唉!
只能得到你的末日审判;

在那黑色的一天,白中带黑,
我们将被列入耻辱簿。

一九一七年九月三十日

致莫斯科

一

当红发的伪沙皇①把你占领,
你也不曾把双肩缩起。
你的傲气呢,公爵夫人?
美人?女疯子?你的话语?

当彼得帝蔑视儿子的法则,
开始觊觎你的头颅,
你让雪橇上的莫罗佐娃
对俄国沙皇作出答复。②

拿破仑冰凉的嘴唇,
没有忘记火焰的热汤。

---

① 伪沙皇,指伪季米特里一世(1581—1606),他冒充伊凡四世幼年被害的儿子,在波兰支持下于一六〇五年进入莫斯科,成为俄国沙皇,后被舒伊斯基推翻。
② 指苏里科夫画作《女贵族莫罗佐娃》上的场景,莫罗佐娃是旧礼仪派信徒,因坚持信仰被沙皇流放。

你的教堂不是首次变成马厩。
克里姆林宫能把一切担当。

  一九一七年十二月九日

二

伪季米特里没能把你波兰化,
沙皇彼得没能让你德国化。
怎么办,亲爱的?——我哭泣。
你的傲气呢,莫斯科?——还早。

你的宝贝们呢?——不需再养。
谁带走了他们?——黑乌鸦。
你的神圣十字架呢?——已被毁。
你的儿孙呢,莫斯科?——已阵亡。

  一九一七年十二月十日

三

稀薄的钟声,素食的钟声。
向四面八方鞠躬。

婴儿的喊叫,奶牛的咆哮。
沙皇果敢的话语。

鞭子的呼啸,血泊中的雪。
爱情的黑色话语。

鸽子细细的咕咕声。
女射手黑色的眼睛。

     一九一七年十二月十日

"花园盛开,花园凋谢"

花园盛开,花园凋谢。
风吹来相遇,风吹走分手。
所有仪式中我只尊崇一种:
亲吻双手。

城市耸立,楼房耸立。
年轻的女人风情万种,
为了发疯,让城市发疯。
楼房发疯。

世间的音乐从所有窗口飘出,
摩西的树丛开出花朵。①
所有法律中我只尊崇一种:
亲吻嘴唇。

一九一七年十二月十二日

---

① 据《圣经》故事,上帝是站在树丛火焰中与摩西谈话的。

"我孤身一人迎接新年"

我孤身一人迎接新年。
富裕的我成为穷人,
有翅膀的我被诅咒。
某处有许多紧握的手,
有许多陈年的酒。
有翅膀的我被诅咒!
唯一的我孤身一人!
就像孤独的月亮在窗口。

一九一七年十二月三十一日

兄 弟[*]

一

睡觉也不松开手,
两位兄弟,
两个朋友。
一起睡在一张床铺。

一起喝酒,一起唱歌。

我给他俩裹上毛毯,
我把他俩永远爱上。
透过睁不开的眼皮,
我阅读奇怪的消息:

彩虹:双重的荣光,

---

[*] 这组诗献给诗人、演员帕威尔·安东科尔斯基(1896—1978)和演员兼导演尤里·扎瓦茨基(1894—1977)。

火光:双重的死亡。

我没分开他俩的手。
我最好,
我最好,
像地狱的火燃烧!

二

两位天使,两位白色的兄弟,
跨着大汗淋漓的白马!
在我未来的每个白昼,
都闪耀着银色的盔甲。
因为你们生有翅膀,
我只能贪婪地亲吻灰土。

匀称的钟声很低沉,
人们徘徊在田野上,
商人挑着货篮,盲人背着背囊……
烟雾滚滚,烈焰熊熊,
马蹄踏过,一片废墟,
倾塌的中国城①和克里姆林宫!

---

① 中国城,莫斯科市中心一处地名,据说得名自鞑靼语"木栅栏"一词,与中国无关。

两位骑手！两个白色的荣光！
在疯狂的马戏场，
我认出了你们。鬈发的你，
像天使长把号角吹响。
你，画出一道彩虹，
在莫斯科城的上方。

三

我吞咽咸的泪水。
持续的浪漫愚蠢。
不需要制服和玫瑰，
不需要粉色的口红，
不要花边和白面包，
不要屋顶上的太阳，
两位天使冲向天空，
两位兄弟去了巴黎！

一九一八年一月十一日

顿 河[*]

一

白卫军,你们的道路崇高:
胸膛和太阳穴面对乌黑的枪口。

你们的事业神圣又洁白:
你们洁白的躯体倒向沙丘。

这不是天上成群的天鹅:
是神圣的白卫军队伍在消殒,
像白色的幻影在消殒……

旧的世界最后的梦境:

---

[*] 茨维塔耶娃是一位内心的诗人、非政治的诗人,时代和社会事件在她的诗中很少获得直接反映,但这组以《顿河》为题的组诗却鲜明地体现了她在国内战争时期的政治立场,她将白卫军喻作白天鹅,她还写出一部诗集《天鹅营》。

青春—美德—旺代①—顿河。

一九一八年三月二十四日

二

幸存的人会死去,死去的人会复活。
后代回忆往事,会发问:
"您当时在哪里?"问题像雷霆,
回答也像雷霆:"在顿河!"

"您做了什么?"接受苦难,
然后累了,躺进睡梦。
若有所思的孙子们会翻开字典,
在"责任"一词之后写上"顿河"。

一九一八年三月三十日

附注! 我喜欢的诗句。

三

波浪和青春,违背法则!
顿河动情。我们死去。我们沉没。
我们委托穿越世纪的风,
让它向子孙传唱悲歌:

---

① 旺代,法国城市,法国大革命期间保王党曾在此发动叛乱,史称"旺代叛乱"。

是的！顿河的堡垒倾塌了！
是的！白卫军覆灭。
但扔下孩子和妻子，
但我们走向顿河，

像白色的鸟群飞向断头台，
我们只为家园赴死！

面对最后的教堂画十字，
白卫军的队伍生生不息。

一九一八年报喜节于莫斯科
（顿河溃败前后）

"激情的呻吟,致命的呻吟"

激情的呻吟,致命的呻吟,
呻吟上方是梦境。
所有王位的王位,
所有法律的法律。

荒地成为麦田,
蓝色的河水流淌……
年轻的人啊,
请把眼皮合上!

血管里是蜜。来人是谁?
这是他,这是梦,
他会安静,他会擦去
激情的汗水,致命的汗水。

一九一八年四月二十四日

"蛇靠星星证明"

蛇靠星星证明,
羞怯的卑下靠天空证明。
瀑布证明泥泞,庄稼证明石头。
马赛曲证明民众,灾难证明沙皇。
不屈的营地靠墓地的徽章证明,
墓地的徽章靠玫瑰证明……

一九一八年五月九日

"莫斯科城徽:英雄刺杀恶龙"

莫斯科城徽:英雄刺杀恶龙。①
恶龙流血。英雄闪光。必须这样。

神的卫兵,请走下城门,
为了上帝和活着的灵魂!

请还给我们自由,还给他们肚皮。
莫斯科的守护神,请走下城门!

请向百姓和恶龙证明,
男人们在睡觉,圣像在抗争。

一九一八年五月九日

---

① 莫斯科城徽上有莫斯科的守护神圣格奥尔吉手持长矛刺死黑龙的形象。

"我祈求你远离黄金"

我祈求你远离黄金，
远离午夜有翅膀的寡妇，
远离沼泽的毒雾，
远离一旁走过的老太婆，

远离灌木丛中的蛇，
远离桥下的水，
远离十字架的路，
远离斋戒的女人。

远离布哈拉头巾，
远离沙皇的荣誉，
远离黑色的作为，
远离白色的马匹！

一九一八年五月十日

"黑色的天空写满词句"*

黑色的天空写满词句,
漂亮的眼睛失去视力……
致命的床我们不觉得可怕,
欲望的床我们也不觉得甜蜜。

写作者大汗淋漓,耕种者大汗淋漓!
我们还熟悉另一种热衷:
轻盈的火焰在鬈发上方舞蹈,——
这是灵感的吹拂!

一九一八年五月十四日

---

* 茨维塔耶娃一九三九年曾在此诗下面标注:"全书中最好的诗之一。"

"我祝福每日的劳作"*

我祝福每日的劳作,
我祝福每日的梦。
祝福神的仁慈和神的审判,
好的法律像石头。

祝福满是灰尘和窟窿的紫袍,
祝福满是灰尘和光的拐杖……
主啊,我还要祝福邻家的安宁,
邻家火炉中烤制的面包。

一九一八年五月二十一日

---

* 一九三九年茨维塔耶娃在此诗下面标注:"同样是书中最好的诗之一。"

"泪水,泪水是活水!"

泪水,泪水是活水!
泪水,是幸福的灾祸!
在滚烫的深渊沸腾吧,
从滚烫的眼睑流出。
主的愤怒宽广慷慨。
让人把愤怒带走。
但愿能呼吸一口,
一口新鲜的空气。
请用光明的拐杖
击打我的胸口!

一九一八年五月二十六日

"我要告诉你一个大骗局"

我要告诉你一个大骗局:
我要告诉你,浓雾如何笼罩,
笼罩年轻的树,笼罩古老的树桩。
我要告诉你,灯光如何熄灭,
在低矮的房,茨冈人如何吹笛,
他坐在树下,像埃及人一样。

我要告诉你一个大谎言:
我要告诉你,纤细的手如何握刀,
年轻人的鬈发,老人们的胡须,
如何在世纪的风中飞扬。

世纪的轰鸣。
马蹄声声。

一九一八年六月四日

"死去的时候我不会说:我活过"

死去的时候我不会说:我活过。
也不遗憾我没寻找过罪人。
世上有很多事情更重要,
胜过欲望的风暴,爱的功勋。

你用翅膀敲打过这胸膛,
灵感,你就是年轻的罪人,
我命令你:来吧!
我不会步出你的指引。

一九一八年六月三十日

"没有爱人的夜晚"

没有爱人的夜晚,
与不爱的人共度的夜晚,
滚烫头颅上方硕大的星,
双臂向着他伸展,——
他从未有过,也不会有,
他不会存在,也不该存在……
孩子为英雄流泪,
英雄为孩子流泪,
巨大的石头山
压在应当下山的人的胸口……

我知道过去和将来的一切,
我知道一切聋哑的秘密,
知道阴暗含混的人类语言
如何给"生活"命名。

一九一八年六月三十日至七月六日

"我们活过,你要记住"*

我们活过,你要记住,
在注定凶险的来世!
我是你第一位诗人,
你是我最好的诗!

一九一八年七月四日

---

* 此诗写给阿里阿德涅·埃夫隆(1912—1975),她是茨维塔耶娃的长女,爱称是阿丽娅,她聪颖美丽,富有文学艺术天赋,常年与茨维塔耶娃相依为命,茨维塔耶娃为她写下多首饱含深情和母爱的组诗《致阿丽娅》。阿丽娅后在法国学习美术,一九三七年返回苏联后不久被捕,长期遭关押;二十世纪五十年代出狱后整理母亲的文学遗产,写有《回忆玛丽娜·茨维塔耶娃》一书。

"我说出话,别人听到"

我说出话,别人听到,
悄声告诉别人,第三人明白,
第四人拿起橡木拐杖,
走进黑夜,去建功立业。
世界把这写成了歌,生活啊,
我唱着这歌把死亡迎接。

一九一八年七月六日

"我是你笔下的纸张"*

我是你笔下的纸张。
我接受一切。我是白纸。
我是你财富的保管者:
我要让它百倍地增值。

我是村庄,是黑土地。
你是我的阳光和雨露。
你是主,是上帝,
我是白纸,是黑土!

一九一八年七月十日

---

* 一九三九年茨维塔耶娃在此诗后面标注:"书中最好的诗之一。"

"对您的记忆像薄雾"

对您的记忆像薄雾,
我的窗外蓝色的薄雾。
对您的记忆像小屋。
您静静的小屋上了锁。

怎样的薄雾？怎样的小屋？
地板已在脚下移动！
房门上锁！头顶是天花板！
蓝色薄雾中静静的小屋。

一九一八年七月十日

"就像左手和右手"*

就像左手和右手,
你我的灵魂相守。

我俩相连,幸福温暖,
就像左右两个翅膀。

可旋风卷起,两翼之间
现出一道深渊!

一九一八年七月十日

---

* 一九三九年茨维塔耶娃在此诗后面标注:"书中最好的诗之一。"

"勇敢和童贞！两者的联盟"

勇敢和童贞！两者的联盟
古老又神奇，像死亡和荣光。
我以我鲜红的血液起誓，
我以我鬈发的头颅起誓——

让这些肩膀别再有重负，
除了神的重负：和平！
我用温柔的手握剑：
握住竖琴天鹅般的脖颈。

一九一八年七月二十七日

"诗句生长,像星星像玫瑰"

诗句生长,像星星像玫瑰,
像家中不需要的美。
对于桂冠和颂词只能回答:
这些东西于我何用?

我们沉睡,透过石板,
花开四瓣的天外来客现身。①
世界,你要明白!梦中的歌手
能破解星星的法则和花朵的公式。

一九一八年八月十四日

---

① 茨维塔耶娃的女儿阿丽娅在回忆录中写到,在她们母女一次散步时,阿丽娅采到一枚四瓣叶子的三叶草,她拿给茨维塔耶娃看,茨维塔耶娃把它夹在书中,并写成此诗。

"吞噬一切的火是我的马!"

吞噬一切的火是我的马!
它没有马蹄,也不叫嚷。
我的马死去的地方泉水不流,
我的马跨越的地方青草不长。

啊,我的马,贪婪的食客!
啊,我的马,贪婪的骑手!
头发与红色的马鬃交织……
带状的火焰冲向天空!

一九一八年八月十四日

"每行诗都是爱情的孩子"

每行诗都是爱情的孩子,
是乞讨的私生子。
是摆在路边的长子,
向风儿鞠躬致意。

是心灵的地狱和祭坛,
是心灵的天堂和耻辱。
父亲是谁?或许是沙皇,
或许是沙皇,或许是小偷。

一九一八年八月十四日

致 天 才

给我们洗礼,用同一个木盆,
给我们加冕,用同一顶皇冠,
给我们折磨,同一批俘虏,
给我们烙印,同一种印记。

把我们放入同一座房屋。
给我们覆盖同一座山冈。

一九一八年八月十八日

"如果灵魂生来就有翅膀"

如果灵魂生来就有翅膀,
它不需豪宅,也不需草房!
成吉思汗和金帐汗国又何必!
我在世上有两个敌人,
两个分不开的双胞胎:
饥饿者的饥饿,饱食者的饱食!

一九一八年八月十八日

致阿丽娅

一

我不知你我身在何处。
同样的歌,同样的烦神。
与你相伴的朋友们!
与你相伴的孤儿们!

我俩的独处真好:
无家无眠,孤苦伶仃……
两只鸟,醒来就歌唱。
两位女香客,靠施舍生存。

二

我俩一起去教堂,
走过大大小小的教堂。
我俩一起去人家,
走进贫富不等的人家。

手指克里姆林宫的高塔,
你说:"买下它!"
你生来拥有克里姆林宫。
我明亮又可怕的长女啊,睡吧。

三

就像地下的草,
与铁矿石交友,——
两个明亮的凹陷,
始终盯着天的深处。

西彼拉①!我的孩子
为何这样命苦?
她注定是俄罗斯的命……
她永远有俄罗斯和花楸树……

一九一八年八月二十四日

---

① 西彼拉,古希腊罗马传说中的女预言家,据说阿波罗曾赐予她不朽生命。这个形象在茨维塔耶娃的诗中经常出现。

"有蜂蜜的地方就有蜂刺"

有蜂蜜的地方就有蜂刺。
有死亡的地方就有勇气。
我不知别人如何面对,
最好的面对是歌唱。

旷野一棵大橡树,
突然栽倒在地!
没有妻子的喊声,
没有女人的哭泣——

我道别你,
我道别自己,
我道别命运。

一九一八年八月二十六日

"别人不需要的你们给我"

别人不需要的你们给我:
一切都该在我的火焰中燃尽!
我诱惑生,也诱惑死,
给我的火焰添加轻盈的柴薪。

火焰喜欢轻盈的东西:
去年的枯枝,花环,词语……
火焰从这些燃料中腾起!
你们将重生,比灰烬更纯净!

我是凤凰,只在火中歌唱!
请你们支持我崇高的生活!
我崇高地燃烧,烧成灰烬,
愿你们的黑夜也明亮。

寒冰的篝火,烈焰的喷泉!
我要高举我崇高的身段,
我要高举我崇高的身份,

我的身份就是交谈者和继承人!

一九一八年九月二日

"伴着内战风暴的轰鸣"*

伴着内战风暴的轰鸣,
恰逢大灾难,
我给你取名"和平"①,
蔚蓝是遗产。

走开,走开,敌人!
三位一体的神啊,
请保佑婴儿伊琳娜,
这永恒幸福的继承人!

一九一八年九月八日

---

* 此诗写给小女儿伊琳娜(1917—1920),由于丈夫杳无音信,茨维塔耶娃无力在兵荒马乱的年代同时抚养两个女儿,便将她们送去莫斯科郊外的保育院,大女儿阿丽娅因病被茨维塔耶娃接回照看,不满三岁的小女儿伊琳娜则于一九二〇年二月十五日或十六日饿死在保育院。
① 在希腊语中"伊琳娜"有"和平"之意。

"被红色笼罩的摇篮！"*

被红色笼罩的摇篮！
被平民摇动的摇篮！
士兵的雷霆淹没教堂的晚祷……
孩子将长成一个美人。

吃着梁赞奶妈的奶，
她吸入祖传的幸福。
神的三位一体和旗帜。
俄国的国歌和俄国的国土。

在需要的一天，沐浴神的阳光，
她会忆起贵族和女儿的义务，——
被平民摇动的摇篮，
被红色笼罩的摇篮！

一九一八年九月八日

---

* 此诗写给小女儿伊琳娜。

(我的次女伊琳娜生于一九一七年四月十三日,死于一九二〇年二月二日,那天是逢迎节,她是饿死的,在昆采沃保育院。)①

---

① 这段附记是茨维塔耶娃后来加上去的,其中提及的日期是旧俄历。

眼　睛

习惯于草原的眼睛，
习惯于眼泪的眼睛，
绿的眼睛，咸的眼睛，
农民们的眼睛！

即便是个普通女人，
要想寄宿也得付钱，
依旧是绿的眼睛，
充满欢快的眼睛。

即便是个普通女人，
她会伸手遮挡光线，
她会摇头，会沉默，
也会垂下眼睛。

年轻的货郎一旁走过……
恭顺的眼睛，草原的眼睛，
在苦修的头巾下沉睡，
农民们的眼睛。

习惯于草原的眼睛,
习惯于眼泪的眼睛……
看在眼里,却不出卖,
农民们的眼睛!

      一九一八年九月九日

"你们拿走珍珠,会留下泪珠"

你们拿走珍珠,会留下泪珠,
你们拿走黄金,会留下秋叶,
你们拿走紫袍,——
会留下鲜血。

一九一八年十月九日

"我把一抔头发的灰烬"

我把一抔头发的灰烬
放进你的水杯。
让它不能吃,不能唱,
不能喝,也不能睡。

让青春没有欢乐,
让糖没有甜味,
让你在夜的黑暗中
不把年轻的妻子抚慰。

当我金色的头发
变成灰色的灰烬,
你青春的岁月
会成为白色的冬季。

让你变瞎变聋,
让你像苔藓枯萎,
让你逝去如叹息。

一九一八年十一月三日

"哦主啊,感谢你"

哦主啊,感谢你,
因为海洋和陆地,
因为不朽的灵魂,
因为美妙的肉体,

因为滚烫的血,
因为冰冷的水。
感谢你,因为爱情。
感谢你,因为天气。

一九一八年十一月九日

"我乐意活得模范而又简单"

我乐意活得模范而又简单:
像太阳,像钟摆,像日历。
做个身材匀称的世俗女隐士,
像上帝的每个造物一样智慧。

神灵是我的战友,是我的向导!
不需报告就进门,像光线,像眼神。
要像写作一样生活,模范而又简洁,
一如上帝的吩咐和朋友们的禁令。

一九一九年十一月二十二日

喜剧演员[*]

献　词

　　献给扮演天使的喜剧演员或扮演喜剧演员的天使,这是一回事,既然,请您原谅,我送走温柔,以替代1919年莫斯科的扫雪。

一

　　我记得十一月末的夜晚。
　　雾和雨。路灯光照里
　　您温柔的脸,奇特可疑,
　　狄更斯般地朦胧浑浊,
　　发冷的胸口像冬天的海……
　　您温柔的脸庞在灯光里。

---

[*] 这组诗写于一九一八年十一月至一九一九年三月,献给瓦赫坦戈夫剧院的导演兼演员尤里·扎瓦茨基。这组诗共二十五首,本书选译其中十二首。

风在吹,楼梯盘旋……
眼睛紧盯您的嘴唇,
手指缠绕,半张笑脸,
我站立,像幼小的缪斯,
纯洁得像夜深时分……
风在吹,楼梯盘旋。

从您疲倦的眼皮下
向我涌来一阵可疑的希冀。
碰碰嘴唇,视线向一旁滑去……
受苦的、受宠的天使诱惑世界,
用他的外衣神秘的神性,
用这种疲倦的眼皮。

今天又是狄更斯般的夜晚。
又是雨,又是无能为力,
你我一样,哗哗响的排水管,
楼梯飞翔……同样的嘴唇……
同样的脚步已不急于
步入狄更斯般的夜晚。

一九一八年十一月二日

三

不是爱情,而是热病!
轻松的战斗虚假狡猾。

此刻难受,明天甜蜜,
此刻要死,明天要活。

战斗正酣。两人都可笑,
你能做,我也能做!
女主人公,男主人公,
都能把我引诱。

牧人的手杖,还是剑?
观众啊,这是战斗还是跳舞?
向前一步,退后三步,
退后一步,向前三步。

嘴巴像蜜,眼含信赖,
可眉毛已经起飞。
不是爱情,是虚伪,
爱情不是演戏!

令人赞叹的诗句
迈着轻盈的音步,
将成为这些罪孽的总结
(括号:未遂的罪孽)。

一九一八年十一月二十日

五

无法与我交友,爱我也不可能!
漂亮的眼睛啊,要看得小心!

航船应该航行,磨坊应该转动。
你能否停下你转动的心?

以笔记本担保,你不会作为先生出场!
是否该为喜剧的情节叹息?

爱的十字架很沉,我们不去触碰。
昨天过去了,我们埋它入土。

一九一八年十一月二十日

六

我吻的是头发还是空气?
是眼睑还是拂过眼睑的风?
是嘴唇还是我唇边的叹息?
我不去打听,不去解密。

我只知道,要暂停,
用整个幸福的时代,
用弦乐的奇特的皇家史诗……

这是一小片叹息的云。

朋友！一切都会过去,赞美吧！
您和爱情,一切都不会复活。
但我幽暗的歌会保存
琴弦般的头发,水流般的声音。
一九一八年十一月二十二日

七

我没看见便不会安心。
我没听见便不会安心。
我没看见您的目光,
我没听见您的声音。

不太合适,概率极低！
谁来改正我做错的题？
我的心很咸很咸地得到
您很甜很甜的微笑！

"蠢女人！"子孙会在我的墓上写明。
我会固执地轻声重复：
我没看见便不会安心。
我没听见便不会安心。
一九一八年十一月二十三日

八

您多么健忘,就多么难忘。
唉,您和您的笑容一样!
再说一句?比金色的早晨更美!
再说一句?宇宙中孤身一人!
被爱情俘获的年轻战俘,
切利尼①做成的金杯。

朋友,请允许我用老方法,
表述世上最温柔的爱情。
我爱您。风在壁炉呼啸。
支起胳膊,盯着壁炉的火,——
我爱您。我的爱纯真。
我像孩子一样说话。

朋友!一切都会过去!手握威士忌,
生活会放松!年轻的战俘,
爱情会释放您,但我的声音,
我灵感的声音会发出预言,
告诉所有人您曾活在世上,
您多么健忘,就多么难忘!

一九一八年十一月二十五日

① 切利尼(1500—1571),意大利雕塑家、金银首饰家、作家。

十二

粉红的嘴巴和海狸皮衣领,
就是爱情之夜的伪装。
爱情就是第三样。

嘴巴轻松放肆地笑。
衣领翘起海狸毛。
爱情在默默等候。

十三

你懒懒地坐在扶手椅里。
我会跪在你身边,
无需进一步指令。

你从惺忪的椅子垂下手。
我会无声把它托住,
这戴着中国戒指①的手。

粉笔涂过的戒指。
你幸福吗?我无所谓!
爱情这样盼咐我。

一九一八年十二月五日

---

① 中国戒指,茨维塔耶娃曾送给扎瓦茨基一枚中国银戒指。

十七

易逝的嘴唇和易逝的双手,
把我的永恒盲目地摧毁。
离别中怀着永恒的灵魂,
我歌唱易逝的双手和嘴唇。

神的永恒更低沉地轰鸣。
黎明时分,当暗黑的天庭
传来神秘的声音:"女人!"
请你回忆这不朽的灵魂!

一九一八年十二月末

十八

没有接吻,便已贴紧。
没有说话,便已喘息。
也许,您没在人世活过,
也许,椅子上只有风衣。

也许,您温柔的年纪
早已在石板下面安息。
我觉得自己是蜡,
是玫瑰丛中幼小的死者。

我手捂胸口,心不跳。
没有幸福和痛苦多轻松!
人世间所谓的爱情约会,
就这样匆匆度过。

一九一九年一月初

二十

耳中有两个声响:丝绸和风雪!
心在跳动,血在呼吸。
我们两个都如愿以偿:
我得到您致命的爱情,
您得到我的喜悦,白雪的床。

一九一九年一月二十七日

二十三①

太阳只有一个,却走过每一座城,
太阳是我的。我不将它给任何人。

一刹那一道光一个眼神,都永远不给任何人!
愿那些城市在不变的夜中死去!

我要握住它! 不让它肆意转圈!

---

① 香港导演王家卫曾用此诗意境拍摄了微电影《只有一个太阳》。

就让我灼伤自己的手臂、双唇和心!

它消失在永恒的夜,我追寻它的痕迹……
太阳是我的!我不把你交给任何人!

一九一九年二月

"我爱您一生,爱您每一天"

我爱您一生,爱您每一天,
您俯瞰着我像巨大的阴影,
像极地村庄的古老炊烟。

我爱您一生,爱您每一刻。
可我不需要您的双唇和双目。
没有您,一切已经开始和结束。

我记得:嘎嘎作响的车辄,
高大的门,纯净的雪,
缀满星星的鹿角……

半边天空是鹿角的阴影……
极地村庄的古老炊烟……
我明白,您是北方的鹿。

一九一八年十二月七日

"你永远赶不走我"

你永远赶不走我:
我不会把春天放走!
你的指头碰不到我,
我在睡前温柔地唱歌!

你永远无法败坏我:
我的名字是解渴的水!
你永远无法留下我:
大门敞开,你的家无人!

一九一九年七月

给一百年后的你[*]

给你,一百年后出生的你,
我像注定死亡的人,喘口气,
自地下最深处,用我的手
　　给你写诗句:

朋友! 别再找我! 换了时尚!
连老人们也已把我遗弃。
无法亲吻! 我从忘川的水中
　　伸出两只手臂。

我看见你的眼像两堆篝火,
照亮我的坟墓,照亮地狱,
你看见一百年前死去的我,
　　我睡得很死。

我手里的东西已近乎灰尘,

---

* 茨维塔耶娃在此诗手稿上写道:"昨天一整天都在想一百年后的他,便给他写了几行诗。诗写成了,他终将到来。"

是我的诗! 我看见风中的你
在寻找那间屋,我在其中诞生,
 或在其中死去。

你遇见那些健在的幸福女人,
我骄傲,我听见你的表态:
"欺世盗名的女人们! 你们全死了!
 只有她还健在!

"我曾服务她像一个志愿者!
我知道一切秘密,她戒指的所在!
你们这些盗墓女贼! 你们从她那里
 窃得这些钻戒!"

哦,我的一百个钻戒!
我痛心,我第一次后悔,
我随意送出那么多戒指,
 却把你错过!

我也很忧伤,在这个黄昏,
在今日的黄昏,我久久追随
西落的太阳,我是在迎接
 一百年后的你。

我敢打赌,你会送出诅咒,
送给黑暗坟墓中我那些朋友:

"你们全说好话！却无一人送她
　　粉红的衣裙！"

谁更自私呢?！不,我自私!
没有危险,就不必隐瞒私心,
我曾央求所有人给我写信,
　　供我夜间亲吻。

说出来吗？我说！死亡是假定。
你如今是我最激情的客人,
你会拒绝所有情人的礼物,
　　为了这堆遗骨。

一九一九年八月

"两棵树相互渴求"

两棵树相互渴求。
两棵树。在我屋前。
两颗老树。一幢老屋。
我年轻,否则也许,
我不会怜悯别的树。

年幼的树伸出手,
像女人,从最后的血管
伸出,看上去很残酷,
伸向年长的树,
老树更坚固,谁知道呢,
或许它更不幸福。

两棵树,披着日落的尘土,
冒着雨,还会顶着雪,——
永远如此,一个更为主动,
这就是法则:一个更为主动。
唯一的法则:一个更为主动。

一九一九年八月

"上帝！我还活着！就是说,你还没死!"

上帝！我还活着！就是说,你还没死！
上帝,我俩是盟友！
可我是手持号角的使者,
你却是忧郁的老头。

上帝！你能在你夜晚的蓝天安睡！
我还一直置身人间,
你的房屋耸立！我头顶风暴,
我是你大军的鼓手。

我是你的号手。我吹响
落日和晨曦。
上帝！我不用女儿的爱,
我儿子般地爱你。

看:我征战的篷帐在燃烧,
像燃烧不尽的灌木。
我不愿与天使调换身份:
主啊,我是你的志愿兵！

时辰一到,少女王
将凯旋所有的村庄!
让人们拥有一位阁楼女歌手,
一位年老的纸牌国王!

一九一九年十月

"我的小窗很高!"

我的小窗很高!
你的戒指扔不到!
阁楼窗边的墙上,
印有十字架般的阳光。

窗框的细十字架。
安宁。地久天长。
我产生一个错觉:
我被安葬在了天上!

一九一九年十一月

"我挂在周六和周日之间"*

我挂在周六和周日之间,
像复活节的鸟。
一个翅膀是白银,
一个翅膀是黄金。

我被分成两半,
在消遣和操持之间,
周六是我的白银!
周日是我的黄金!

如果忧愁流过血管,
与皮肤不协调,
因为我从右边的翅膀
抖落了羽毛。

如果血液再次醒来,

---

* 茨维塔耶娃曾在自传中写道:"我生在周六和周日之间的午夜(9月26—27日)。"

聚集到了面庞,
因为我侧身面对世界,
用金色的翅膀。

尽情享受吧!不久,
你们那只彩色鸟,
复活节的金银鸟,
就会消失在远方。

     一九一九年十二月二十九日

"蓝色天空上火红的玫瑰"

蓝色天空上火红的玫瑰：
旗帜上的心形刺绣。
前进,没有出身的
年轻的旗手。

蓝色原野上花园的花朵：
这是他的家,旗手
没有另外的家。
他的头发像亚麻。

旗手啊,旗手!
你为何在蓝天
把红花带给敌人?

他被刺穿胸口,
旗帜被迅速卷起。
心与心被迫相遇。

这是他的家。旗手

没有另外的家。

  一九一九年十二月二十九日

"我把这本书托付给风"

我把这本书托付给风,
给迎面飞来的鹤。
很久以前,我扯破嗓门,
大声呼喊离别。

我把这本书扔进战火,
像把漂流瓶扔进波谷。
让它流浪吧,像节日的蜡烛,
从一只手到另一只手。

啊,风儿,我忠诚的证人,
请带我去见亲人们,
从北到南,我每夜在梦中
走完这一趟旅程。

一九二〇年二月于莫斯科

"我爱您吗?"

我爱您吗?
我在思考。
眼睛睁得很大。

森林里有河,
鬈发里有手,
固执的手迷路。

爱情。老套。
咬着笔杆。
昏暗,懒得把蜡烛点燃。

也许,写小说!
可你生来
是个诗人!

写一小时,
夺回灵感。
(笔已在昏暗中翻飞。)

我们能搞定。
均等的标志,
爱情、上帝与你。

激情?老套。
激情!就是笔!
家里突然有粉色的树林!

清晰的气味
就像遗嘱……
脑门垂向双手。

　　一九二〇年三月二十二日,复活节前礼拜日

悼 海 涅

无论你是否愿意,我要给你暗示!
我俩的争论没结束,才刚开始!
在当今的生活中结果如此:
男孩在歌唱,女孩在哭泣。①

在未来的生活,看着真好!
你将哭泣,我将歌唱!

铃鼓在手中!
恶魔在血里!
红色的裙子
在黑色的心里!

我像红色的裙子飘向天空!
你铺开地毯似的年轻荣光。
我与蝴蝶分享你,

---

① 海涅《歌集》中有一首题为《青年爱上姑娘》的诗,写青年爱上姑娘,姑娘却爱别人,那位别人也另有所爱,于是姑娘匆匆嫁人,海涅称之为"千年老故事"。

你与水手把我分享!

红色的裙子? 只能这样!
燃烧的船帆! 红色的灯塔!

铃鼓在手中!
恶魔在血里!
红色的裙子
在黑色的心里!

请听预兆:我抖动嘴唇,
我没笑,脸色苍白。
看到的人就会燃烧!
记住,我会火红地到来。

火红,像这枫树的叶,
火红,像悬在林中的人。

铃鼓在手中!
恶魔在血里!
红色的裙子
在黑色的心里!

一九二〇年四月初

"两只手轻轻放下"*

两只手轻轻放下,
抚摸孩子的脑瓜!
一手抚摸一个,
上帝赐我两个小脑袋。

但两个女儿遭受厄运,
我这母亲竭尽所能!
我从黑暗处抢回大女儿,
却未能让小女儿保命。

两只手温情地抚摸
两个可爱的鬈发小脑袋。
两只手中的一只手,
一夜之后变得多余。

细脖子上鲜活的脸庞,
细茎上的蒲公英!

﹏﹏﹏﹏﹏﹏
* 此诗是茨维塔耶娃为小女儿伊琳娜写的悼亡诗。

我还没有完全明白,
我的孩子已经入土。

> 一九二〇年复活周

"我写在青石板上"

致谢·埃①

我写在青石板上,
写在褪色的扇面,
写在河滩和海滩的沙土,
用冰刀写在冰面,用戒指写在玻璃,——

写在数百岁的树干,
终于,让所有人都懂!
我爱你!爱你!爱你!爱你!
写下,用天上的彩虹。

我多想,每个男人都盛开,
永远陪我!让我爱抚!
随后我却俯身书桌,
把那名字——涂抹……

---

① 谢·埃,指谢尔盖·埃夫隆。

可你,却被变心的写者攥在手里!
你像蜂刺扎在我心上!
我不出卖你!在戒指背面!
你在铭文中保全模样!

一九二〇年五月十八日

"泪珠掉落的地方"

泪珠掉落的地方，
明天会有玫瑰开放。
我编织了花边，
明天将要编织渔网。

整个天空是我的海洋，
整个大地是我的海洋。
这不是普通的渔具，
它是我歌唱的渔网！

一九二〇年六月十五日

"死亡就是无"

死亡就是无,
死亡就是无,
死亡就是无。
不再有母亲,
不再有面包师。
(吃不到烤面包!)

死亡,这就是:
没建成的房屋,
没归来的儿子,
没捆绑的庄稼,
没吐出的呼吸,
没喊出的高呼。

我就是有,
有就是永久,
有就是违背,
有就是经过一切!
甚至包括

我对你喊不!

或许,就是无,
或许,就是谎言,
是日历的胡诌!

一九二〇年七月

"我看见了黑眼睛的你,离别!"

我看见了黑眼睛的你,离别!
你高大,离别! 你孤独,离别!
你戴着微笑,刀一般闪亮,离别!
你一点儿也不像我,离别!

不像过早死去的所有母亲,
你也不像我的母亲,离别!
你在前厅整了整面纱。
你是安娜面对熟睡的谢廖沙①,离别!

你像黄眼睛的茨冈女人误入人家,
离别! 像摩尔达维亚女人,离别!
不敲门,离别! 像感染的旋风,
像热病,冲进我们的血管,离别!

你焚烧,你叮当;你跺脚,你呼啸,

---

① 指列夫·托尔斯泰小说《安娜·卡列尼娜》中出走的安娜回家探望儿子的情节。

你怒吼,你轰鸣,像撕碎的丝绸,
像一头灰狼,离别!不怜惜爷爷和孙子,离别!
像猫头鹰,离别!像草原的小马,离别!

你是拉辛①的后代?肩宽体壮,头发火红,
我看到的你是个蹂躏者,离别,
杀人放火的蹂躏者?……

*　　*　　*

你如今名叫玛丽娜②,离别!

一九二〇年七月末

---

① 拉辛(约 1630—1671),俄国农民起义领袖。
② 玛丽娜,茨维塔耶娃的名字。

"其他人与明眸和笑脸相伴"

其他人与明眸和笑脸相伴,
我却在夜间与风交谈。
不是与古罗马
年轻的风神,
是与和煦宽广的
俄罗斯穿堂风!

其他人的躯体相互缠绕,
饥渴的嘴巴大口呼吸……
我却张开双臂!一动不动!
让我的心任由俄罗斯穿堂风吹过!

其他人,哦,温柔的束缚!
不,风神对我们凶狠。
你不会心软!是一家人!
仿佛我的确不是一个女人!

一九二〇年八月二日

"我的身躯有军官的正直"

我的身躯有军官的正直,
我的两肋有军官的荣誉。
我愿意迎接任何苦难,
我有士兵的忍耐力!

仿佛有人曾用枪托和钢铁
矫正我迈出的这一步。
切尔克斯人的腰板、
束腰皮带也有帮助。

我听到霞光,你是我的父亲!
进攻,哪怕是攻打天堂!
仿佛就是为了行军背囊,
这一副副宽大的肩膀。

都有可能,一个残疾的傻瓜
在摇篮上方对我唱歌……
从那一天直到如今:
我不食言:瞄准!

我的心嘎嘎作响,
面对俄联邦,不管怎样!
仿佛我也成了一名军官,
在决死的十月时光。

一九二〇年九月

附记:这首诗在莫斯科被称为"写一位红色军官的诗",一年半时间里我一直应军校学员们的邀请朗诵此诗,每次都大获成功。

狼

有过友谊，成了公务。
上帝保佑你，我的狼兄弟！
我们的友谊正在死去：
我不是你的天赋，是义务！

用里程消灭里程吧，
把里程还给里程！
我抚摸你的皮毛，
你在思念你的思念！

我不会把你交给凶手，
我的罪孽不是你的错：
我在用自己的饥饿
把所有人喂饱！

我如何带着打火石
去林中找你们，如上帝裁判，
只对一人怀有女人的醋意，
让狼爪别着凉。

抓住,我不动指头:
指头不是树干,森林很大。
带走你的白发吧,
上帝保佑你,我的狼兄弟!

别了,白发的狼皮!
我不会在梦里忆起!
会有新的女傻瓜,
她相信狼的白发。

       一九二〇年十月

"别对任何人提起我"*

别对任何人提起我,
我是你的天使,轻的负担。
请你温柔地吻我额头,
放我进入黑暗。

我们都坐在夜里没有灯。
你会忘记我的特征。

上帝知道!叹息让衣服吃醋,
愿这叹息不使你慌张。
朋友,这样的歌
会在情人的嘴巴开放?

你就这样平静地去吧,
像在教堂合唱队抚摸男孩。

---

* 此诗献给诗人、翻译家叶夫盖尼·兰(1896—1958,真名洛兹曼),一九二〇至一九二一年茨维塔耶娃与他关系密切。

孩子啊,神灵和孩子都不算数!
孩子啊,人们不承担灵魂的重负!
这些手臂是绞索?
这种温情是火?

你想一想,两手垂在身旁,
我呆呆把你张望。

我在你的家不会逗留太久,
我要释放年轻的良心。
瞧,我准备投入伟大战争,
我自己进入黑暗。

我不许诺我们不会打仗。
一只金鸟飞向你的窗!

一九二〇年十一月二十五日

致陌路人*

你的旗帜不是我的！
我们的脑袋不在一起。
在蛇的缠绕中，
我不会背叛圣灵。

我不奔向红色的环舞，
环绕五月的树。
我认为天堂的门
高于所有人间的入口。

你的胜利不是我的！
我的梦见不同！
我们不是在大地两端，
是在两个星座！

两颗不同的星星，
我就这样做，

---

* 在茨维塔耶娃的手稿上，此诗有《致卢那察尔斯基》的标题。

给星星搭桥,
用我大胆的手?!

我有一个宝物,
比我的圣像更宝贵。
听着:有另一种法律,
剪裁法律的法律。

在它面前,刀剑下垂,
宝石显得暗淡。
伸出手臂的法律,
敞开怀抱的法律。

我们将同样受审,
用同样的标准。
我俩将有同样的天堂,
我信仰的天堂。

一九二〇年十一月二十八日于莫斯科

攻占克里米亚

我做了几个可怕的梦：
红色的大车，
在它后面佝偻前行着
我祖国的儿孙。

举起金色鬈发的
婴儿，母亲
在哭泣。教堂前的
台阶上，
五指的手挥向紫红的旗，
伤兵在哭，截肢人的拐杖
燃烧，像鲜红的破布，
冲天的红色尘土。

生锈的车轮嘎嘎作响。
疯狂的马在跳舞。
所有窗口都旗帜沸腾。
只有一扇挂着帘布。

一九二〇年十一月

"我要问询宽阔顿河的流水"*

我要问询宽阔顿河的流水,
我要问询土耳其海的波浪,
问吃饱的乌鸦在那里打盹的喧闹高处,
问在每场战斗中都会点亮的黑色太阳。

顿河会对我说:我没见到那些晒黑的人!
大海会对我说:我所有的眼泪也不够哭!
掌中的太阳会溜走,乌鸦会诉说:
我活了三百年,没见过比这更白的白骨!

我要像白鹤飞向哥萨克村镇:哭声一片!
我要审讯路上的尘土:陪伴他们!
茅草在身后挥手,咒骂苏丹。
哦,佩列科普①山坡有株红色的山茱萸!

我要审讯所有人,谁曾在严酷的时代,

---

* 茨维塔耶娃在此诗中有意模仿了俄国古代史诗《伊戈尔远征记》中伊戈尔之妻雅罗斯拉夫娜的"哭诉"。
① 佩列科普,克里米亚一个村镇。

在摇篮里与世界一同摇摆。
石头间的头骨,给没逃脱审讯的人:
白色的征途,你找到了记录者。

一九二〇年十一月

"我知道我将死在霞光中！"

我知道我将死在霞光中！
晚霞还是早霞，尚费思量！
啊，真希望我的火把能两次熄灭！
在傍晚的霞光，在清晨的霞光！

我舞蹈着走遍大地！我是天空的女儿！
围裙装满玫瑰！保住每一株幼芽！
我知道我将死在霞光中！
上帝不会向我的天鹅灵魂派来鹰的夜晚！

温柔的手推开没吻过的十字架，
我为最后的问候冲向慷慨的天空。
切开霞光，回报的微笑像切口……
我仍将是诗人，在咽气的时候！

一九二〇年十二月于莫斯科

"新年好,天鹅的营地!"

新年好,天鹅的营地!
光荣的残余!
新年好,身背背囊的战士,
在异乡的土地。

红色的追兵没追到,
他们在忘情舞蹈!
新年好,受伤的祖国
还在逃跑!

倾听大地,整个大地
响彻祝福的歌曲。
伊戈尔,海外的俄罗斯
像雅罗斯拉夫娜在哭泣。①

忧伤发出悠长的呻吟:
"我的兄弟!我的王公!我的儿!"

---

① 俄国史诗《伊戈尔远征记》中的情节。

"新年好,蓝色大海之外的
年轻的俄罗斯!"

一九二一年一月十三日于莫斯科

学 生[*]

开口,我在思索说什么?
雨中,披同一件斗篷,
夜间,盖同一件斗篷,然后,
墓里,也是同一件斗篷。

一

我是你的金发孩子,
哦,穿越所有世纪!
披着学生简陋的斗篷,
追随你满是尘土的紫衣。

透过密集的人群捕捉
你充满灵性的叹息,
灵魂靠你的呼吸存在,
像斗篷靠风吹起。

---

[*] 这组诗献给作家谢尔盖·沃尔康斯基(1860—1937),一九一九年茨维塔耶娃与他结识,对其人其文十分欣赏,尤其推崇后者的《生活与存在》(1924)一书。

用肩膀顶开身边的民众,
比大卫王更威武。
驱散一切人间的屈辱,
斗篷为你服务。

在众多沉睡的学生间,
做一个梦中不睡的学生。
当民众投来第一块石头,
斗篷就是盾牌?

(哦,这行诗被蓄意中断!
刀刃过于锋利!)
……热情微笑着,第一个
跳进你的火堆。

一九二一年四月十五日

二

有的时刻……
——丘特切夫①

有的时刻,像被扔掉的包裹:
我们把傲慢藏在心中。

---

① 引自丘特切夫的《幻象》一诗。

做学生的时刻,十分庄严,
在每人的生活中都不可重复。

崇高的时刻,当我们把武器
放在上天指定的人脚下,
在海滩脱下战士的紫袍,
换上骆驼皮的皮袄。

哦这个时刻,像岁月的强音,
召唤我们去建立功勋!
哦这个时刻,像成熟的麦穗,
我们弯下沉重的腰身。

麦穗成熟,欢乐的时刻到来,
麦粒一心渴望磨盘。
规律! 规律! 土地的腹中
孕育出我期盼的羁绊。

做学生的时刻! 但我们已熟知
另一个世界,霞光如火。
孤独的最高时刻啊,
你就是随后到来的幸福!

一九二一年四月十五日

三

傍晚的太阳
比正午的太阳更善良。
正午的太阳
不温暖,却疯狂。

更冷漠,更温和,
入夜的太阳。
见多识广的它,
不愿太张狂。

它帝王般的淳朴
令人不安,
傍晚的太阳
比歌手更可爱!

* * *

被黑暗钉上十字架,
在每个晚上,
它不会像贱民鞠躬,
傍晚的太阳。

被推下王位的人,

想想太阳神!
被推翻的人不下山谷,
他在仰望天空!

啊,你别再迟疑,
在邻近的钟楼!
我想成为你
最后的钟楼。

一九二一年四月十六日

四

白昼卸下了重负,
把它隐入波浪。
永恒的一对儿,
悄悄爬上山冈。

他俩肩膀挨着肩膀,
默默地起身。
两人的气息在行走,
身披同一件斗篷。

昨日战争的领袖,
明日沉睡战争的领袖,
他俩默默地站立,
像两座黑塔。

比蛇更智慧,
比鸽子更温柔。
"天上的父,带我们回去,
回到你的生活!"

主的军队的硝烟
弥漫整个天空。
被两人的呼吸掠起,
斗篷也在战斗。

目光被嫉妒分开,
在祈祷,在怨诉……
"天上的父,带我们去落日,
回到你的夜晚!"

荒漠在呼吸,
在庆祝夜的进入。
"儿啊!"一个声音落下,
像成熟的果实一般沉重。

在自家的草屋,
人群默不作声。
在金色的山岗,
两人平静安宁……

一九二一年四月十九日

五

那个时刻神奇饱满,
就像古代的往事。
我记得,并排上山,
我记得,我们登高……

泻落溪流的话语,
与斗篷神奇地合唱,
斗篷从肩头垂落,
像难以摆脱的波浪。

越来越高,越来越高,
高天最后的黄金。
梦的声音:日出
把日落恭迎。

一九二一年四月二十一日

六

号角的一切华丽,
只是青草面对你
发出的絮语。

风暴的一切华丽,

只是小鸟面对你
发出的鸣啼。

翅膀的一切华丽，
只是眼睑面对你
发出的战栗。

一九二一年四月二十三日

七

沿着山冈,圆圆的黢黑的山冈,
顶着光照,强烈的火热的光照,
像只靴子,胆怯的温顺的靴子,
跟着斗篷,鲜红的褴褛的斗篷。

沿着沙地,贪婪的褐色的沙地,
顶着光照,灼人的嗜酒的光照,
像只靴子,胆怯的温顺的靴子,
跟着斗篷,一步不离地跟随。

沿着波浪,狂暴的汹涌的波浪,
顶着光照,愤怒的古老的光照,
像只靴子,胆怯的温顺的靴子,
跟着斗篷,不停说谎的斗篷……

一九二一年四月二十五日

"我要云朵和草原何用"

我要云朵和草原何用,
要这阳光下的旷野何用!
我是钟爱自己镣铐的奴隶,
我在为西伯利亚祝福。

喂,沿着大道返回的人!
请问候那些伟大的城镇。
我们不会为了自由
出卖我们苦役的矿井。

向你致敬,基辅圣城!
向你致敬,莫斯科都城!
致敬,我尘世的事业!
我是忘记血统的儿孙……

爱上棺材的逝者不会起身,
把黑麦地欣赏。
最上层的矿工,

诱惑我离开神的光芒。

一九二一年五月三日

"不知分寸的灵魂"

不知分寸的灵魂，
鞭笞教徒和暴徒的灵魂，
怀念皮鞭的灵魂。
灵魂面对刽子手，
像蝴蝶破茧而出！
灵魂没受够屈辱，
人们不再烧死巫师。
灵魂像高高的松枝，
在粗布袍子下冒烟……
啪啪燃烧的异教徒，
萨伏那罗拉①的姐妹，
灵魂是地道的柴火！

一九二一年五月十日

---

① 萨伏那罗拉(1452—1498)，十五世纪后期意大利宗教改革家，佛罗伦萨神权共和国领袖，后被以异教徒罪名在佛罗伦萨闹市火刑处死。

"哦第一个额头上方第一轮太阳!"

哦第一个额头上方第一轮太阳!
还有这双亚当的大眼睛,
像一对黑色的炮口,
直对太阳,冒着青烟。

哦第一次嫉妒,哦第一滴蛇毒,
在左边的胸口隐藏!
投向高天的视线:
盯着夏娃的亚当!

哦我的嫉妒! 哦醋意!
这崇高灵魂上天生的创伤,
我那胜过所有亚当的丈夫,
就是古人有翅膀的太阳!

一九二一年五月十日

离 别*

给谢廖沙

一

塔楼的钟声,
在克里姆林宫。
大地的某处,
有——

我的要塞,
我的温顺,
我的勇敢,
我的神圣。

塔楼的钟声,
被抛弃的钟声。
大地的某处——

---

* 这组诗是献给丈夫埃夫隆的,当时茨维塔耶娃对他的下落一无所知。

我的
房屋，
我的——梦，
我的——笑，
我的——光，
狭窄脚掌的足迹。

这钟声，
像是被用手扔进
黑夜。

我被抛弃的钟声。

一九二一年五月

二

我抬起早已
垂下的双手。
我把空空的手
伸向空空的黑窗，
伸向子夜的钟表声，
我想回家！
就这样：头朝下，
跳下高塔！回家！

不会撞上广场的鹅卵石，

会撞上絮语和悄声……
一位年轻武士
为我伸出翅膀。

一九二一年五月

三

使劲,使劲地
把双手弯向后背!
我们之间
不是人间的里程,
是离别的天河,
蔚蓝的大地,
我的朋友在那里,
永远不可拆分。

道路向前冲去,
戴着银质的挽具。
我不会痛苦地搓手!
我要伸出双手,
无声无息!
像花楸树在挥手,
离别时分,
冲着鹤阵的痕迹。

鹤阵向前冲去,

义无反顾地向前。
我不会降低高傲!
在盛装的死亡,
在丧失的空旷,
我将依然是你
金色羽毛的速度
最后的支撑!

一九二一年六月

四

用黑色的橄榄枝,
请你把床头遮住。
对致命的爱情,
诸神充满嫉妒。

每个轻微声响,
他们都能听清。
知道吗,喜欢少年的,
也并非你一人。

五月的奢华
让某人大怒。
你要提防
目光敏锐的天空。

* * *

你以为,悬崖
和峭壁在诱惑,
你以为,荣誉
铜钟般的声音

呼唤他去密林,
用胸口抵挡矛枪?
你以为,他会
沉入汹涌的波浪?

你相信吗,山谷的
尖刺已刺入?
沙皇的仁慈
比罢黜更空洞!

你哭泣,他在山谷
徘徊到很晚。
你别害怕凡人,
要提防无形的神!

他们知道
梳子上的每根头发。
诸神千眼,
像在古代一样。

你别害怕泥潭,
要提防苍天!
宙斯的心
贪得无厌!

一九二一年六月二十五日

五

悄悄地,
我用谨慎的纤细的手
松开束缚:
小手啊,像嘶鸣,
听话的亚马逊女人轻松走动,
沿着响亮空旷的离别阶梯。

扬蹄,嘶鸣,
飞马越过闪亮的
缝隙。眼前,是黎明的火焰。
小手啊,小手!
你在徒劳地呼唤:
我们之间隔着水梯般的忘川。

一九二一年六月二十七日

六

你像白发女看不见,
我像大男人看不清。
一动不动的眼睛里,
你挤不出一滴泪。

面对你的所有痛苦,
毁灭,哭诉:
"松手!
留下斗篷!"

石雕的石头眼睛
毫无激情,
我不在门前迟疑,
像迟疑的母亲们:

(用血液、膝盖
和眼睛的所有重负,
人间最后
一次!)

不像悄悄溜走的受伤野兽
不,像一块石头,
我冲出家门,

冲出生活。泪水
为什么流,
既然自你的肩头已卸下
石头!

不是石头!
鹰一样的翅膀,
是斗篷!沿着蓝色的激流,
进入光明的城,
那里,母亲不敢
带领孩子
进入。

一九二一年六月二十八日

七

像银色的幼芽,
窜向高空,
以免被宙斯
看中——
祷告吧!

一有动静,
你就担心,就停步。
他们对男性的魅力
充满嫉妒。

他们的呼唤
比野兽的颌骨更可怖。
诸神家族对魅力
充满嫉妒。

用鲜花和桂冠
诱惑人们向上。
以免被宙斯
选中——
祷告吧!

整个天空
响彻鹰翅的拍打。
你敞开胸口吧,
为了不隐藏。

在鹰的拍打中,
哦鹰喙!哦鲜血!
弱小的羔羊
悬空——爱情……

没戴头巾的女人,
俯伏在地……
以免宙斯把他
带走——

祷告吧!

一九二一年六月二十九日

八

我知道,我知道,
尘世的美貌,
就是美丽的
雕花杯盏,
我们的杯盏很小
不大于空气,
不大于星星,
不大于霞光中
悬挂的鸟巢。

我知道,我知道,
谁是常在的主人!
可轻盈地迈步,
塔一样升入鹰的高空!
用翅膀从上帝
威严粉红的嘴边
夺回杯盏!

一九二一年六月三十日

九

你的容貌
被烛光雕出。
我会老去,而你
依然是个小伙儿。

你的容貌
被热风磨光。
我会驼背,而你
依然体格健壮。

爬向我的白发,
头发的正午阴影……
我们同年同日出生①,
我却渐渐变成你的母亲……

我们一同三十六岁,
我们是美妙的夫妻……
喜讯像一道彩虹:
我也不会老去!

一九二一年圣三一节

---

① 茨维塔耶娃生于1892年9月26日,埃夫隆生于1893年9月29日,他们生于同月,而非同年同日。

十

最后的美妙，
最后的重负：
在我两腿之间，
婴儿拍打小手。

但我能够对付
这最后的美妙，
这最后的重负，
我也能扔掉。

…………

触及，用女人所有
富有灵感的奉承，
仿佛腿边不是孩子，
而是一位情人——

谈论进军，
沿着吃惊的宇宙，
顶着月桂的暴雨，
顶着橡树的暴雨。

最后的美妙，

最后的重负,
婴儿抓住斗篷……他生于
痛苦!你终究会告诉人们,
离别的艺术中
我没有对手!

　　　　　　　一九二一年七月十日

"两道霞光!不,两面镜子!"

致米·亚·库兹明①

两道霞光!不,两面镜子!
不,两种疾病!
两个天使般的孔,
两个烧焦的黑圈,

自镜子的冰面,
自马路的石板,
穿越一千里的大厅,
两个极圈在冒烟。

可怕!火焰和黑暗!
两个黑坑洼。
失眠的孩子
在医院高喊"妈妈"!

---

① 米·亚·库兹明(1875—1936),俄国白银时代诗人。

恐惧和责备,感叹和阿门……
庄严的挥手……
在石头般的床单上,
两种黑色的荣光。

知道吗,河水会倒流,
石头也有记忆!
再次放出巨大的光,
它们会再次升起,

升起两个太阳,两个孔,
不,两块宝石!
两只致命的眼睛,
地下深渊的两面镜子。

一九二一年七月二日

致 使 者*

铁锚的链环咔咔作响,
前进,有翼的高楼!
我的托付伴随你,
比祝福还要醇厚!

勇敢些,年轻的航船!
前往蓝色的麦地!
你比命运女神还大,
你运载着恺撒的心!

我的睫毛的一致抖动,
在驯服蓝色的愤怒!
你的帆由呼吸吹拂,
你的帆不需要风!

我抱紧被风吹皱的手臂,

* 此诗写给伊利亚·爱伦堡(1891—1967),爱伦堡当时出差境外,茨维塔耶娃托他打听丈夫埃夫隆下落,爱伦堡不负嘱托,终于找到埃夫隆,并于一九二一年七月十四日告知茨维塔耶娃她丈夫依然健在,身在布拉格。

看着,别相信眼睛!
全是欺骗!你运载着
女君主真实的手令。

两个字,马刺般清脆,
两只战火中的鸟。
我的呼唤上千次?
却只有唯一的对象。

在你去往的国度,
法的阳光普照众人,
在衬衣和胸口之间,
你运载着圣母的心。

一九二一年七月三日

致马雅可夫斯基*

高过十字架和烟囱,
在烈火和烟雾中受洗,
脚步坚实的天使长,
好啊,永远的弗拉基米尔①!

他是车夫也是马匹,
他是任性也是法律。
喘口气,往手心吐口吐沫:
"来吧,赶大车的荣誉!"

广场奇迹的歌手,
好啊,高傲的邋遢鬼,
这重量级选手选择石头,
不受宝石的诱惑。

---

* 此诗献给马雅可夫斯基(1893—1930)。据说茨维塔耶娃曾在莫斯科当面向马雅可夫斯基朗诵此诗。茨维塔耶娃一向敬重马雅可夫斯基及其诗歌天赋,写过多首献给马雅可夫斯基的诗。一九二八年,茨维塔耶娃因在巴黎俄侨杂志上正面评价马雅可夫斯基而受到俄侨界的冷落。
① 弗拉基米尔,马雅可夫斯基的名字。

好啊,鹅卵石的雷霆!
他打个哈欠,敬个礼,
又把大车的车轮驱动,
用天使长车夫的两翼。

一九二一年九月十八日

"骄傲和胆怯是亲姐妹"

骄傲和胆怯是亲姐妹,
她俩友好地面对摇篮。

"昂起头!"骄傲命令。
"垂下眼睛!"胆怯低语。

我走路时垂下眼睛,
昂着头,骄傲和胆怯。

一九二一年九月二十日

"如此用力地手托下巴"

如此用力地手托下巴,
连嘴巴也痉挛变形,
如此用力地理解离别,
仿佛死亡也无能为力,——

旗手就这样丢开旗帜,
死刑犯就这样道别母亲!
最后一位帝王的情妇就这样
看着夜色,用最后的眼睛。

一九二一年十月二十四日

青 春[*]

一

我的青春！我陌生的
青春！我落单的靴子！
眯着红肿的眼睛，
人们就这样撕下日历。

若有所思的缪斯，
没取走你的任何猎获。
我的青春！我不呼吁回头。
你是我的累赘和负荷。

你在夜间用梳子低语，
你在夜间打磨箭头。
你的慷慨压抑我，像碎石，

---

[*] 茨维塔耶娃在写作这组诗时留下这样的附笔："一切都先于所有人：十三岁迷上革命，十四岁模仿巴里蒙特，如今二十九岁……彻底告别了青春。"

我因他人的罪孽受苦。

我提前把权杖还给你，
心灵已不在意美味佳肴！
我的青春！我纠缠不休的
青春！我的一块红布头！

一九二一年十一月十八日

二

转眼从燕子变成巫婆！
青春！道别的前夜……
我和你在风中站立！
我的黑姑娘！安慰你的妹妹！

闪耀你大红的裙子吧，
我的青春！我的黑宝贝！
我的心冷却！我的青春！
你跳起舞吧，安慰！

挥动天蓝色的披巾吧，
我的狂女！我俩已经疯够！
跳舞吧，把我烫伤！
我的金子，别了，我的琥珀！

我特意握住你的手，

与你道别,像道别情人。
内心深处发出呼喊——
我的青春!你去找别人!

　　　　　　　一九二一年十一月二十日

"在离别的岁月我容颜憔悴!"

给谢·埃①

在离别的岁月我容颜憔悴!
双手忙于面包和盐,
你会对这粗糙的双手生气?
这同志式劳作的老茧!

哦,不必为约会打扮。
你别发怒,因为粗俗的字句,
我也不建议你忽略,
这就是历史的火枪话语。

你会失望? 大胆地说出!
挣脱了友谊的精神。
顿悟像无法填补的缺口,
铁锚与希望的混成。

一九二二年一月二十三日

---

① 谢·埃,即谢尔盖·埃夫隆。

"两根眉毛拉开数里路"*

两根眉毛拉开数里路。
玫瑰爱情的两个证明,
我黑色的缰绳和路轨,
你路途遥远的双眉!

双手随后树枝般举起。
忠实离别的两个证明,
鲜血流淌,没有眼泪!
生活随风而逝!你的双眉!

历史排出雁阵般的箭矢,
白色事业的两个证明,
你的双眉像彩虹,
探入神圣的战争!

一九二二年一月二十三日

---

* 此诗写给谢尔盖·埃夫隆。

尘世的征兆*

一

在岁月微薄的劳作中,
在面对她艰难的颤抖中,
你会忘记你勇敢的女友,
忘记她友好的诗歌。

她的严厉是苦涩的赐予,
隐藏的热情像轻盈的胆怯,
无线电中传来的敲击,
它的名字叫远方。

一切古风,除了给予和占有,
一切醋意,除了尘世的嫉妒,
一切忠诚,但是就像多马①,

---

* 茨维塔耶娃一九二二年携女出国寻夫,于五月十五日抵达柏林,这组诗属于她出国后写出的最初一批诗作。
① 多马,耶稣门徒之一,以多疑和"不信"著称。

不相信决死的战争。

我的孩子！以父辈的白发起誓：
别庇护这位女难民！
万岁，左胸的捕捉，
捕捉莽撞的结果！

但或许，细语和算计中，
倦于永恒的温柔，
你会想起我无权的手，
想起我勇敢的衣袖。

不需预算的嘴巴，
没有跟随的权利，
不知眼睑的眼睛，
在探究什么是光。

　　　　　　　一九二二年六月十五日

二

你去寻觅可靠的女友，
她们不会把奇迹变成数字。
我知道，维纳斯是手工，
我是手艺人，我懂这门手艺。

从崇高庄严的聋哑，

到灵魂的充分矫正,
我熟悉完整的神梯,
从我的呼吸到我的死去!

    一九二二年六月十八日

三

阳　台

啊,从公然的悬崖
跳下,跳向尘土和焦油!
眼泪仍不足以腌制
尘世的爱情,至今?

阳台。恶毒亲吻的焦油,
透过咸味的雨水。
摆脱不了的仇恨
一声叹息,成为诗句!

手里攥成一小团,
是心还是破亚麻布?
这是一种湿敷,
名字就叫"冰窟"。

是的,与爱的战斗
野蛮而又残酷。

花岗岩的眉头
一扬,步入死亡!

　　　　　一九二二年六月三十日

四

手臂,进入
转卖和转让的循环!
只有嘴唇
只有手臂,我不会混乱!

这些自负,
全都不会出现在梦中。
朋友,举起手,
我把我的记忆诅咒!

为了在诗中
(在我高贵的垃圾场),
你不会衰弱,
你不会干瘪如他人一样。

为了在胸中
(在我千人的合葬墓!),
千年的雨
把你淋湿浇透……

躯体中的躯体,
"你是我该死的双星!……"
为了不让"无名氏墓"
刻上你的墓碑。

     一九二二年七月九日

五

你要去查明? 等等!
被抛向麦草,
她不需荣誉,
不需所罗门的珍宝。

不,背起手臂,
亮开夜莺的歌喉!
不歌唱宝库,书拉密女子,
歌唱一抔红土!

     一九二二年七月十二日

六

为了不让你看到我,
步入生活,我包围自我,
用无形的尖头篱笆。

我腰束金银花,
我身披霜挂。

为了不让你听见我,
在夜晚,用老太婆的智慧,
我用隐蔽加固自我。

我腰束沙沙声,
我身披低语。

为了不让你在我心中
花开太盛,我躲进灌木,
活着躲进古书。

我腰束构思,
我播撒幻想。

一九二二年六月二十五日

七

把这夜半的青蓝,
这乌鸦的毛色,
交给头发的逢迎,

交给纵向的慌张,
在平面,在光泽。

手掌尽情抚摸惊慌。

亲爱的！别再骗自己！
人们这样熨烫恶的思想，
用分手熨烫离别，

楼梯最后的吱呀……
人们这样熨烫玫瑰刺……
让你刺痛我的手！

我一生知道很多双手。
在明亮的双眉下，
以不可剥夺的细致，

我打量你的头发，
你翻毛的黑发，
重压下呻吟的焦油。

我可怜你执拗的手掌：
头发光泽，即将
越界的眼睛……

纠缠的思想
被驱入内心：
晨的妖术在颅骨！

一九二二年七月十七日

八

忘川盲目流动的抽泣。
你取缔你的义务:
与忘川合流,奄奄一息,
在银色柳树的细语。

柳树银色的哭泣……
受尽折磨,快躲进
记忆盲目流动的墓地,
躲进柳树银色的哭泣。

肩披银灰色的旧斗篷,
肩披银色的枯藤,
受尽折磨,躺下,
神香盲目满溢的罂粟

黑暗……
　　　　因为红色
在衰老,因为紫色
在记忆中白了头,
因为干涸喝下了
整条水流。

用褪色:用残缺血管的

吝啬,用年轻西彼拉的
盲目,用懒惰脑袋的
白发:用铅块。

    一九二二年七月三十一日于柏林

"生活无与伦比地撒谎"*

生活无与伦比地撒谎:
超过期待,超过谎言……
但根据所有血管的颤动,
你能把生活辨认!

你像躺在麦地:钟声,蓝天……
(也像躺进谎言!),暑热,堤坝……
一百根血管的唠叨透过金银花……
你开心吧!你发出呼唤!

别责备我,朋友,
我们的躯体有太多
被诱惑的灵魂,额头入梦。
因为,你为何歌唱?

我静静地把额头的伤痕

---

* 此诗是在读了帕斯捷尔纳克的诗集《生活是我的姐妹》(1922)之后写下的,后被寄给帕斯捷尔纳克,并有这样的附笔:"写在我的生活姐妹之后。一九二二年十一月十九日。"

垂向你寂静的白书,
垂向你野蛮的肯定黏土:
因为,生活就是手掌。

　　　　　　　一九二二年七月八日

致 柏 林

雨水在哄痛苦入睡。
枕着窗外的暴雨声,
我入睡。马蹄沿着颤动的
马路,像一阵掌声。

相互问候,融为一体。
在金色霞光的剩余,
照耀最神奇的孤儿,
楼房啊,你们发了慈悲!

一九二二年七月十日

西 彼 拉

一

西彼拉:燃尽;西彼拉:树干。
所有的鸟全都死绝,上帝却走了进来。

西彼拉:喝干;西彼拉:干旱。
所有的血管全都干涸,丈夫敬业!

西彼拉:离开;西彼拉:咽喉,
命运和死亡的咽喉!少女中间的树。

火焰喧嚣,首先发出树的声响,
裸体树林中一棵强大的树。

随后,上帝出其不意,
像干涸的河流在眼前腾起。

突然,绝望于外在的寻觅:

像心脏和声音跌落,在我体内!

西彼拉:先知! 西彼拉:拱顶!
圣母领报就这样完成,

在不老的时辰,短暂的贞洁
就这样步入青草的白发,变成

奇怪声音的洞穴……
　　　　　　西彼拉就这样
离开活人,步入星际的旋风。

　　　　　　　　一九二二年八月五日

二

像灰色的巨石,
与眼球的关系断绝。
你的身体就是你
声音的洞穴。

深处,透过眼球的
盲目,像枪眼的失明。
麦收女人们的缤纷中,
耸起聋哑的要塞。

暴雨把双肩裹进

斗篷,蘑菇发霉。
数千年的岁月在舞蹈,
在惊呆的巨石边。

山的痛苦!在眼的深层,
在目光锐利的暗处,
有王国的陶土碎片,
有路旁战死者们的

遗骨……

一九二二年八月六日

三

西彼拉对婴儿说*

孩子,请紧贴
我的胸口:
出生,就是坠入岁月。

自云外不存在的悬崖,
我的孩子,
你向下坠落!
你成了灵魂,成了灰烬。

---

* 此诗是从未来带到这里来的,就其内在属性而言。——茨维塔耶娃原注

孩子,请为他们和我们哭泣:
出生,就是坠入时辰!

孩子,请一次又一次哭泣:
出生,就是坠入鲜血,

坠入时辰,
坠入灰烬……

哪儿是他奇迹的霞光?
哭吧,孩子,有分量的出生!

哪儿是他库藏的慷慨?
哭吧,孩子:面向精确的出生,

坠入鲜血,
坠入汗水……

但你会站起身!在人间被称作
死亡的东西,即坠向大地。

但你会有视力!在人间
合上眼睑,面向光明的出生。

从今日

坠向永恒。

孩子,死亡不是睡觉是起床,
不是睡觉是后退。

孩子,游动吧! 阶梯
留存……
　　　　　出生到人间。

一九二三年五月十七日

乡　村[*]

致我的捷克朋友安娜·
安东诺夫娜·捷斯科娃

一

对死人失去信心，
我不试图被迷惑。
去往古老的荒地，
去往银子般光滑的陆地，

"就让吹鼓手们
颂扬我的幽灵！"
去往损失的荒地，
去往干涸的小溪。

---

[*] 这组诗献给茨维塔耶娃流亡捷克时期的好友安娜·捷斯科娃（1872—1954）。一九二二年八月一日，茨维塔耶娃来到布拉格，与在查理大学学习的丈夫埃夫隆重逢，至一九二五年十月他们全家迁居巴黎，茨维塔耶娃在捷克生活三年多，她大部分时间居住在布拉格远郊的弗舍诺雷地区。在她流亡捷克时期，捷斯科娃是对她帮助最多的人之一。

古老的荒地！
赤裸的石头丛生！
我们同样是孤儿，
确定我们的相似，

摘下最后的锦缎，
拒绝最后的锦缎，——
去往废墟的荒地，
去往干涸的小溪。

生活：友谊口是心非，
丑陋奄奄一息。
水流和陆地
（因为首领严厉，）

向上，在花楸果
比大卫王更美的地方！
去往白发的荒地，
去往干涸的海洋。

一九二二年九月五日

二

当愤怒的灵魂
饮下过量的屈辱，
当它七次发誓，

不再与魔鬼争斗——

不与灯火的暴雨抗争,
它们从不隐入深渊,
要抗争尘世生活的卑下,
抗争人们的因循,——

乡村!我走向你!
躲开怒吼的市场!
你的手臂高高举起,
像要堵住心房!

反抗上帝的橡树!
根部全都投入战斗!
我的预言家柳树啊!
处女般的白桦树!

榆树是愤怒的押沙龙①,
松树在拷问中挺身,
花楸果的苦涩啊,
你是我口中的圣歌……

走向你们!步入
坠落树叶波动的水银!

---

① 押沙龙,《圣经》故事中以色列王大卫第三子,后发动反抗父亲的叛乱,被堂哥约押趁他头发被橡树枝缠住时将他杀死。

第一次张开双臂!
把手稿扔到一边!

一群绿色的反光……
像在手中翻滚……
我没戴头巾的孩子,
我不停闪动的树影!
一九二二年九月八日

三

像一群浴女,
套着救生圈,
像一群护佑女神,
突然扬起长发,

额头和手的举动,
展开的纸卷!
即将结束的舞蹈,
突然一次防护,

长长的手搭在大腿……
把脖子伸直……
白桦树的白银,
鲜活的小溪!
一九二二年九月九日

四

朋友们！一伙兄弟！
你们，大地屈辱的痕迹，
已被某人扬手擦去。
森林！我的乐土！

在喧嚣的友谊宿营地，
我是灵魂的女酒友，
选择清醒，在最安静的情谊，
我将把一天结束。

啊，从人流如织的广场
步入树林祭祀的微火！
步入青苔伟大的安宁！
步入针叶的清香……

树木预言的讯息！
森林发出预警：
这里有完美的生活，
超越佝偻的人群。

这里没有奴性和丑陋，
这里一切都挺直腰身，
这里真理看得更清：

在岁月的背面……

> 一九二二年九月十七日

五

逃亡者？传令兵？
若还活着你就喊一声！
高等的黑衣修士，
在上帝的密林长成？

有多少飞驰的草鞋！
有多少冒烟的房屋！
在树木的逃跑中，
有多少猎犬和鹿！

森林！你如今
是英姿飒爽的骑手！
人们称之为疾病：
树木最后的抽搐，——

这是衣着宽大的少年，
他靠喝蜜长成。
这是向上的森林，
瞬间挣断树根！

不，这不是柳絮，

在枯叶的水流!
我看见抄本的匆忙,
我听见血的轰鸣!

有谁看见?! 飞驰而过,
披着敞开的斗篷,
是扫罗①在追击大卫,
用他黑色的死神!

一九二二年十月三日

六

不用色彩,不用画笔!
光是它的王国,因为它白。
谎言是红色的树叶:
这里有光在蹂躏色彩。

被光蹂躏的色彩。
色彩被光踹中胸膛。
是否就在这里,
秋天森林的力量,

秋天森林的实质?
在岁月静静的水湾,

---

① 扫罗,以色列人的第一个王,他曾多次追杀良将大卫。

像帘幕突然抖动，
幕后的场景威严……

像你预先看见儿子，
透过离别的袈裟——
话语：巴勒斯坦
站立，突然的乐土……

满溢……穿透……
穿透战栗的小榆树，
光在斩断联系，
比死神更幸福。

　　*　　*　　*

秋天的白发。
你是歌德的诗句！
这里有很多歌声，
还有更多分崩离析。

白发就这样闪亮：
就像古老的家长
把最后一个儿子，
七子中的最后一位，

送往最后的门，

用双手泛出的微光……
(我不相信色彩!
这紫色是最后的仆人!)

……已经不是光,
是一道微光在闪……
是否就在此处,
联系突然中断?

  * * *

荒原就这样闪亮。
我说得太多:
巴勒斯坦的沙粒,
乐土的尖顶教堂……

一九二二年十月八至九日

七

彻夜无梦的她
颤抖一下,起身。
在赞美诗严谨的渐进,
用视觉的刻度,——

一群醒来的躯体:
手臂! 手臂! 手臂!

就像箭雨下的大军,
对痛苦熟视无睹。

袈裟像网一样通透,
逐渐变成灰烬。
紧捂腹股沟的双手,
(少女们的腹股沟!),

不知羞耻的古老藤蔓……
少年们的小鸟!
轮船烟囱的骑兵!
从棺材的盖布

露出了上身,——
雪白胡子的起飞:
我在!迁居!军团!
完整民族的移民!

接受恩赐,接受愤怒!
看吧!唤醒!回忆!
……有几棵往上跑的树,
在傍晚的山地。

一九二二年十月十二日

八

有人去往决死的胜利。
树木有悲剧的手势。
犹太人是祭祀的舞蹈!
树木有秘密的战栗。

这是抗拒眼睛的阴谋:
抗拒重量、数目、时间和分数。
这是扯碎的帘幕,
树木有墓碑的手势……

有人在赶路。天空像入口。
树木有欢庆的手势。

一九二三年五月七日

九

什么样的灵感,
什么样的真理,
树叶的春潮啊,
你们在把什么热议?

像疯狂的西彼拉
道出的秘密,

你们在热议什么?
你们把什么忘记?

你们的舞动包含什么?
可我清楚,你们
在治愈时间的屈辱,
时间是清凉的永恒。

但像年轻的天才
起义,你们败坏
亲眼目睹的谎言,
用隐在的指头。

为了像以往一样,
我们再次看到大地。
为了在眼睑背后,
实现各种构思。

为了别自高自大,
凭借奇迹的硬币!
为了在眼睑背后,
实现各种秘密!

远离固若金汤!
远离迫不及待!
步入水流!步入

间接引语的预言……

是树叶在絮语?
是西彼拉在呻吟?
……树叶的激流,
树叶的废墟……

一九二三年五月九日①

---

① 后两首诗就其内在属性而言系从未来带至此处。——茨维塔耶娃原注

铁轨上的黎明

趁白昼尚未起床,
带着它被腐蚀的激情,
我在重建俄罗斯,
用潮湿和枕木。

用潮湿,还有木桩,
用潮湿,还有灰色。
趁白昼尚未起床,
趁扳道工尚未介入。

雾还在表达爱惜,
沉重的花岗岩
还睡在新鲜的画布,
不见棋盘似的田野……

用潮湿,还有鸟群……
乌黑的铁轨还在撒谎,
用不规则的消息,
还有枕木那边的莫斯科!

伴着目光的固执,
伴着最无形的控制,
俄罗斯浮现出来,
投射于三色旗帜!

我,敞开臂膀!
我用潮湿中
无形的铁轨,
放走难民的车厢:

车厢里的乘客,
永远告别了上帝和人!
(标记:八匹马,
还有四十个人。)

在枕木的中央,
远方像拦路杆生长,
用潮湿和枕木,
用潮湿,用失孤,

趁白昼尚未起床,
带着它被腐蚀的激情,
我在重建俄罗斯,
沿着整道水平线!

没有卑下,没有谎言:
远方,两道蓝色的铁轨……
看,是她!小心!
沿着铁路,沿着铁路……

      一九二二年十月十二日

电　线[*]

心灵的波浪不会涌起太高,也不会成为精神,如果在其道路上不曾出现古老的聋哑悬崖——命运。①

一

用这排歌唱的电杆,
电杆支撑神的世界,
我给你送去山谷灰烬
我的一份。

　　　　　沿着

---

[*] 这组诗献给帕斯捷尔纳克(1890—1960)。茨维塔耶娃对帕斯捷尔纳克的诗歌评价很高,一如帕斯捷尔纳克对茨维塔耶娃诗歌的评价,两人的友谊始于一九二二年,常年保持通信,在通信中一度热恋(如 1926 年的通信罗曼史),茨维塔耶娃为帕斯捷尔纳克写下多首爱情诗,但在一九三六年的巴黎相见(茨维塔耶娃称之为"非相见")之后,他俩反而开始疏远。

① 原文是德语,引自荷尔德林的小说《许佩里翁》,但引文与原文略有出入。

叹息的林荫道,
电报滑过电线:我——爱……

我祈求……(电报纸
写不下!用电线更简单!)
阿特拉斯①把诸神的跑马场
置于电杆……
　　　　　电报
沿着电杆:再——见……

你听见了?这是撕裂的喉咙
最后的撕裂:抱——歉……
这是田野大海的渔具,
是阿特拉斯静静的路:

高些,再高些,汇——入
阿里阿德涅②的呼唤:回——来,

你转过身来!免费医院的
凄凉回答:我不出去!
这是铁丝电线的送别,
这是阿依达

---

① 阿特拉斯,古希腊神话中的擎天神。
② 阿里阿德涅,古典神话中克里特国王米诺斯的女儿,忒修斯借助她给的线团杀死怪物,逃出迷宫,两人相爱,但她之后被忒修斯抛弃。

渐渐远去的声音……
她在祈求远方:可——惜……

怜惜吧!(你能在这合唱中
分辨?)在支撑的激情
临死前的喊声中,
有欧律狄刻的声音:

越过路基和沟壕,
欧律狄刻的声音:呜——呼,

不——
　　　　　　　　一九二三年三月十七日

二

为了告诉你……不,入列,
压低的韵脚……敞开心胸!
我担心,拉辛和莎士比亚
也不足以表达这样的灾祸!

"全都在哭,如果鲜血疼痛……
全都在哭,如果玫瑰中有蛇……"
但费德拉只有希波吕托斯,

阿里阿德涅只为忒修斯而哭！①

折磨啊！无边无际！
是的，因为我错误地认定，
我在你身上失去
从来不曾有过的所有人！

怎样的渴望，当畅饮
被你充斥的空气！
既然纳克索斯岛②是我的骨！
既然我皮肤下的血是冥河！

徒劳充满我的身体！蒙住眼：
它深不可测！没有日期！
日历在撒谎……
　　　　　　你像是分手，
我不是阿里阿德涅，不是……
　　　　　　　　失去！

哦，去哪片海洋哪座城市
寻觅你？（瞎子找盲人！）
我把沟通托付给电线，

---

① 费德拉是希腊神话中克里特王米诺斯的女儿、忒修斯的妻子，爱上继子希波吕托斯，遭拒绝后自杀，留下遗书诬陷希波吕托斯企图对她不轨，忒修斯因此放逐希波吕托斯，并用海神的诅咒处死了他。
② 纳克索斯岛，忒修斯在那里偷偷离开了熟睡中的阿里阿德涅。

我靠着电线杆——哭泣。

　　　　　　一九二三年三月十八日

三

道　路

大家都在挑选,都在扔,
(尤其是臂板信号!)
穿过学校和解冻的
最野蛮的噪音……

(整个歌队来帮忙!)扔出
旗帜般的衣袖……
　　　　　　　无耻!
我高高牵引的
抒情电线在鸣响。

电线杆!能否简要地选择?
天空一直存在,
情感的坚定发报机,
嘴巴的可感讯息……

你知道吗,天穹恒久,
霞光始终趋向边界,
我在久久编织你,

如此清晰,时时处处。

越过时代的荒年,
谎言的路基,环环相扣,
我未发表的叹息,
我疯狂的激情……

除了电报(普通的
和加急的老套!)
春水流过排水沟,
消息沿着电线穿越空间。

一九二三年三月十九日

四

一座专制的城镇!
许多根电话线!

我夸张的控制发出呼喊,
从肚子吐向风!
这是我的心吐出格律,
像有磁性的火星。

"格律和尺度?"
但第四维在复仇!
飞驰吧,口哨声,

掠过格律的僵死伪证!

嘘……如果突然,
(到处都是电线和电杆?)
你百般思索后弄清,
这些话语只是哭喊,

是误入歧途的夜莺在喊:
"没有爱人的世界是空!"
它爱上你双手的竖琴,
爱上你嘴巴的黄昏!

一九二三年三月二十日

五

我不是魔法师①! 在顿河远方的
白色书籍中我打磨视线!
无论你在哪里,我也要赶上你,
我受尽磨难,也要把你追回。

因为我带着雪松般的高傲
打量世界:航船漂浮,
朝霞在搜寻……搅动大海深处,

---

① "魔法师"(чернокнижница),在俄文中有"黑色书籍阅读者"之意,故下文有"顿河远方的白色书籍"之对比。

我要把你从海底捞出!

你让我受难吧!我无处不在:
我是霞光和矿井,是面包和叹息,
只要我活着,就一定能
赢得双唇,像上帝赢得灵魂:

透过呼吸,在你嘶哑的时刻,
透过天使长法庭的藩篱!
我刺破所有的嘴巴,
要把你从灵床扶起!

投降吧!这绝不是童话!
投降吧!箭头画出圆心……
投降吧!还没有一个人
能逃脱没有手臂的猎手:

透过呼吸……(胸脯挺起,
眼睛失明,嘴边是云母……)
我像个女先知,骗过
撒母耳①,我独自返回:

因为别的女人会找你,末日

---

① 撒母耳,先知,据圣经传说,应女先知召唤,撒母耳的亡灵曾向扫罗王预言后者将战败。

审判时无人再争……
　　　　　　　　我盘桓,拖延。
只要我活着,就定能赢得
灵魂,就像嘴巴的安慰者

赢得双唇……
　　　　　　　　一九二三年三月二十五日

六

此刻,天上的三王
与礼物相互走近。①
(此刻我在下山):
山开始了解实情。

图谋聚成圆圈。
命运移动:别暴露!
(此刻我没看到手),
灵魂开始目睹。

　　　　　　　　一九二三年三月二十五日

七

当我可爱的兄弟

---

① 典出《圣经》中耶稣降生、东方三王带着礼物前来朝拜的故事。

错过最后的榆树,
(大于排成一行的挥手),
比眼睛还大的泪珠。

当我可爱的朋友
绕过最后的海岬,
(回来!内心的叹息),
比手臂还长的挥手。

像两臂随后脱离双肩!
像嘴唇随后发出恳求!
话语失去声响,
手掌失去指头。

当我可爱的客人……
"主啊,看我们一眼!"
泪珠大于人的眼睛,
大于大西洋的
星辰……

一九二三年三月二十六日

八

忍耐,像人们等待死亡,
忍耐,像人们粉碎石头,
忍耐,像人们打量消息,

忍耐,像人们伺机复仇——

我会等你(十指相扣,
姘夫如此等待女君主),
忍耐,像人们期待韵脚,
忍耐,像人们咬指头。

我会等你(看一眼土地,
唇齿相依。破伤风。鹅卵石。)
忍耐,像人们把温情延缓,
忍耐,像人们穿珠串。

雪橇发出响声,
门的吱呀做出回应:
森林风的轰鸣。圣旨到:
改朝换代,大人入朝。

回家吧:
我的家
不在人间。

一九二三年三月二十七日

九

春天带来梦。我们入睡。
虽然分离,却一切如意:

梦能让一切团圆。
我们或许在梦中相聚。

洞察一切的他知道,
谁会握起谁的手掌。
我向谁托付我的忧伤,
我向谁诉说我的忧伤,①

我古老的忧伤(这不知
父亲和结局的孩子!)
哦,没有依靠的
哭泣者的忧伤!

像记忆从指尖脱落,
像石块从桥面脱落……
他知道空地已被占据,
他知道心已被租借,

要终生不渝地侍奉,
要终生不幸地生活!
稍稍欠身! 被活埋进
档案,残疾人的乐土。

---

① 这是俄国宗教诗《约瑟夫的哭诉》的开头一句,曾被契诃夫用作其小说《苦恼》的题词,茨维塔耶娃在诗中曾多次引用这句话。

他知道,你我都很安静,
比矿井和灾难、草和水更静……
他知道女裁缝正在缝制:
奴隶—奴隶—奴隶!

一九二三年四月五日

十

与他人躲入一堆粉色的
胸脯……躲入岁月占卜的
弹雨……我将成为
这一切的宝库,

在沙土,在精选的碎石,
在风中,在偷听的枕木……
沿着所有歉收的城门,
青春在城门前闲游。

披巾,你认出她了?
她伤风了,比地狱
还烫……
　　　　知道吗,裙摆深处的
奇迹,活生生的孩子:

歌曲! 带着这个长子,
他胜过所有长子和美女……

我用虚构克服
最确凿的深处!

    一九二三年四月十一日

诗 人

一

诗人从远方领来话语。
诗人被话语领向远方。

像星星,像征兆,
像迂回的寓言坑洼密布……
是非之间,他从钟楼起飞,
挂钩骗人……因为彗星的路——

就是诗人的路。散开的
因果链,就是诗人的关系!
额头向上,你们绝望!
日历不预告诗人的月食。

他是重新洗牌的人,
把分量和账目弄混,
他在课堂上发问,

是谁把康德摧毁,

他躺在巴士底的石棺,
像一株美丽的树。
他的足迹已永远变凉,
那趟列车无人能够
赶上……
　　　　因为彗星的路

就是诗人的路:燃烧,却无温度,
收获,却没有培育,
爆炸和摧毁,蜿蜒曲折,
日历不预告你的道路!

　　　　　　一九二三年四月八日

二

世上有些人多余、额外,
从来不入他人的眼帘。
(没能列入你们的名册,
垃圾坑就是他们的家。)

世上有些人空心、受挤,
默不作声:粪肥,
勾住你们绸衣下摆的铁钉!
车轮卷起泥泞!

世上有些人虚幻、无形,
(标记:麻风病人的斑点!)
世上有一些约伯,
约伯会遭人嫉恨,当我们

这些诗人与贱民押韵,
但我们从河岸溢出,
我们与女神们争夺上帝,
与男神们争夺处女!

一九二三年四月二十二日

三

我这个盲人和弃儿能做什么,
在每人都有视力和父亲的世界,
沿着诅咒像沿着激情的
土路!在那里,
哭泣被称作伤风!

用肋骨和预见歌唱的我能做什么!
像电线!黝黑!西伯利亚!
走过自己的困惑像走过桥!
带着它们的无足轻重,
在砝码的世界。

我这个歌手和长子能做什么,
在最黑的人也呈灰色的世界!
人们守护灵感,像用暖瓶!
带着这样的无垠,
在度量的世界?!

      一九二三年四月二十二日

"我将迟到约定的相会"

我将迟到约定的相会。
我将花白着头发来到,
带着附加的春天。
你的约定很高!

我将一年年行走,
奥菲莉娅认定苦芸香!①
走过众多山峦和平地,
走过众多灵魂和手掌。

大地活得很久!沼泽是血!
每滴血都是一片河湾。
但奥菲莉娅的脸在苦草间浮现,
永远像小溪的对岸。

像她吞噬激情,我却

---

① 奥菲莉娅发疯后将百花赠予他人,给自己留下芸香作为悲伤记忆的象征。

吞入淤泥！麦穗落入碎石中！
我高高地爱你：
我把自己葬在天空！

     一九二三年六月十八日

布拉格骑士*

苍白的脸庞,
世纪水声的守卫——
骑士啊,骑士,
守望着河水。

(哦我能否在河里找到
唇和手的宁静?!)
守—卫—者,
在离别的岗位。

誓言,戒指……
是的,但石头扔进河,
我们这样的人有过多少,
在四个世纪!

---

* 布拉格骑士,即布拉格查理大桥上的捷克民族英雄布隆茨维克的石质雕像。来到布拉格后不久的茨维塔耶娃在友人斯洛尼姆陪伴下见到这座雕像,她惊呼:"他太像我了!"之后写成此诗。离开捷克后,茨维塔耶娃始终惦记着布拉格骑士,数次求人给她往法国邮寄布拉格骑士的照片或肖像。

进入河水的自由
通行证。让玫瑰开放!
他扔出,我冲过去!
就这样报复你!

我们不会累——
激情至今尚存!
用大桥复仇。
张开翅膀吧!

向着泥潭,
向着锦缎般的河水!
是桥面的错,
如今我不哭!

"从命定的桥上
跳下,别怕!"
我身高与你相同,
布拉格骑士。

无论甜蜜还是忧郁,
你都看得更清楚,
骑士啊,你在守护
岁月的河。

一九二三年九月二十七日

山 之 诗*

亲爱的,这话语使你诧异?
临别赠言全都激情澎湃,
仿佛他们喜欢庄严……
　　　　　　　——荷尔德林①

献 诗

颤抖,山从肩头卸下,
灵魂却在爬山。
让我来歌唱痛苦,
歌唱我的山!

无论现在还是往后,

---

* 这首长诗献给罗德泽维奇(1895—1988),他当时是布拉格查理大学学生,茨维塔耶娃丈夫埃夫隆的同学,后成为画家,定居巴黎。一九二三年秋冬时节与罗德泽维奇的"布拉格之恋",成为茨维塔耶娃这一时期许多诗作的主题。

① 引自德国作家荷尔德林的书信体小说《许佩里翁》。

黑洞我都难以封堵。
让我来歌唱痛苦,
在山的顶部。

一

那山像新兵的胸口,
新兵被弹片击中。
那山渴望少女的唇,
那山在希求

盛大的婚礼。
"海洋涌入耳廓,
突然闯入的欢呼!"
那山在追赶,在战斗。

那山像雷霆!
巨人装扮的胸口!
(你记得那山最后的屋
位于郊外的尽头?)

那山是多个世界!
上帝向世界征收重税!
…………
痛苦从山开始。
那山俯瞰全城。

二

不是帕那索斯,不是西奈,
只是兵营似的裸丘。
"看齐!开枪!"
为何在我眼中
(十月,而非五月),
那山竟是天堂?

三

天堂落在手掌,
别碰它,太烫!
那山在山脚
围起陡坡的长廊。

像灌木和针叶
用利爪扯住巨人,
山扯住我的衣襟,
发出命令:站住!

哦,远非始初的天堂:
一阵又一阵穿堂风!
山仰面放倒我们,
发出诱惑:躺着别动!

被打得惊慌失措,
"怎么?哪里清楚!"
山像神性的鸨母,
指明位置:这里。

四

珀尔塞福涅的石榴籽,①
如何能在严寒中忘记?
我记得双层贝壳似的
双唇,向我微微开启。

为石榴籽所害的女神!
双唇固执的深红,
你的睫毛布满缺口,
像金星闪烁夜空。

五

激情不是欺骗,不是杜撰!
它不骗人,但别持续!
哦,何时我们现身此世,

---

① 珀耳塞福涅是希腊神话中的女神,被冥王劫去做冥后,她若不吃不喝便可返回人间,却受冥王诱惑吃下六粒石榴籽,于是只能六个月在冥界、六个月在人间。

做爱情的百姓!

哦,何时才能简简单单,
就是丘陵,就是山头……
据说,要用深渊的引力
测量山的高度。

在褐色的帚石楠花丛,
在受难针叶林的岛屿……
(梦的高地高出生活的
高度。)
　　"占有我!我属于你……"

但家庭的静静仁慈,
但雏儿的细语,唉!
因此我们现身此世,
成为爱情的天神!

六

山在哀悼(山用苦涩的黏土
哀悼,在离别的时候),
山在哀悼我们无名的清晨
鸽子般的温柔。

山在哀悼我们的友谊:

双唇是最确凿的亲属!
山在说,报应各人,
将比照各人的泪珠。①

山还哀悼,生活是营地,
毕生交易心灵的市场!
山还哀悼,即便带着
孩子,夏甲仍被流放!②

山还说,是魔鬼作祟,
游戏没有意图。
山在说。我们无语。
让山来评判做主。

七

山在哀悼,如今的血和酷暑
只会变成愁闷。
山在哀悼,不放走我们,
不让你爱别的女人!

山在哀悼,如今的世界和罗马

---

① 此句是对《圣经·罗马书》第2章第6节的改写,原句为"他比照各人的行为报应各人"。
② 夏甲为亚拉伯罕妻子撒拉的侍女,成为亚拉伯罕的妾后生下儿子以实玛利,因撒拉妒忌,夏甲母子被亚拉伯罕赶往荒野。

只会变成烟雾。
山在说,我们与他人同在
(我不嫉妒他人!)。

山在哀悼,太晚道出的誓言
是可怕的重负。
山在说,那团乱麻
太陈旧:激情和义务。

山在哀悼我们的痛苦:
明天!别急!当额头
已无记忆,只有大海!
明天,当我们醒悟!

声响……像是有人,
嗯……在近旁哭泣?
山在哀悼,我们分开下山,
走过那片泥地——

滑向我们熟悉的生活:
人群—市场—板棚。
山还说,一切山之诗
全都如此写就。

八

那山像呻吟的巨神
阿特拉斯的背部。①
城市将因山而骄傲,
我们在城里用生活押注,

从早到晚,像赌牌!
激情的我们坚持不做。
像尊重古镇的熊谷,
市政厅的十二门徒,②

请尊重我阴森的洞穴。
(我是洞穴,波浪跃入!)
你记得游戏的最后进程
是在郊区的尽头?

那山是多个世界!
诸神在向同貌人报复!
……
痛苦从山开始。
那山像墓碑把我压住。

~~~~~~~~~~

① 阿特拉斯被宙斯降罪背负天空。
② 指捷克古镇克鲁姆洛夫的"熊谷"和布拉格市政厅大钟上的十二门徒。

九

岁月流逝。这块石头
将被石板代替。①
用别墅侵占我们的山,
他们用花园占地。

他们说在这片区域,
空气清新,生活轻松。
他们辟出菜地,
堆起杂乱的梁木,

他们堵住我的山谷,
我的沟壑被翻了个!
因为每个人都需要
幸福的家和家的幸福!

幸福在家!没有杜撰的爱!
用不着拼命!
应该做个女人,忍耐!
(他来的时分,

---

① 也就是说,取代这块石头(压在我身上的山)的将是一块平(板)。——茨维塔耶娃原注

幸福在家!)离别或刀子
都难以装饰爱情。
在我们的幸福之废墟,
夫妻的城挺起身。

在那美妙的空气里,
"你还可以作孽!"
小铺老板歇息时,
会算一算利润,

设计楼层和过道,
每根线都是归家的指引!
因为每个人都需要
幸福美满的家庭!

十

但在地基的重压下,
山并未忘记游戏。
有放浪者,无失忆人:
山边有时间之山屹立!

凭借执拗的豁口,
别墅住户迟早会清楚:
这不是家庭丛生的山坡,
而是运转的火山口!

葡萄园锁不住维苏威！
麻绳捆不住巨人！
仅有嘴巴的疯狂，
足以使葡萄园翻滚，

像狮子一样，
喷出仇恨的岩浆。
你们的女儿会成为娼妓，
你们的儿子会成为诗人！

女儿，你去生个私生子！
儿子，你会死于茨冈女：
你们不会有花天酒地，
胖人们，在我的牺牲地！

比奠基石更硬，
死者在卧榻发誓：
你们不会有尘世的幸福，
蚂蚁们，在我的山上！

未知的时辰，意外的时刻，
你们全家会看到
无比硕大的山，

那就是第七戒条!①

尾　声

记忆有空白,眼睛的
白内障:七层遮挡。
我不记得单独的你。
取代五官的是白光。

没有特征。白的空白。
(心灵布满伤口,
伤口绵连。)用粉笔标明,
裁缝的手工。

天空是完整的结构。
海洋是大群的水珠?!
没有特征。的确独特。
爱情是关联,而非寻求。

无论头发是黑是褐,
让邻居说他能看清。
难道激情也能分割?
我是钟表匠还是医生?

---

① 《圣经》中基督教十戒的第七戒为"不可奸淫"。

你像充盈完整的圆：
完整的旋风，充盈的呆滞。
我不记得独立于
爱情的你。平等的标志。

（在惺忪的羽毛中：
瀑布，泡沫的山头，
听觉感到奇特的新意，
威严的"我们"取代"我"……）

贫困窘迫的生活里
却只有"生活如故"——
我不见你与任何女人
一起：
   记忆的报复！

    一九二四年一月一日至二月一日
      布拉格。佩伦山。

终结之诗*

一

在比铁皮还锈的天空,
柱子的指头。①
他在约定地点起身,
就像命运。

"差一刻钟。是吗?"
"死神没在等。"
他扬起帽子,
过度地平稳。

每根睫毛都挂着挑衅。
嘴巴贴近。
他鞠了一躬,

---

* 这首长诗同样以茨维塔耶娃与罗德泽维奇的"布拉格之恋"为主题,被视为茨维塔耶娃诗歌创作的巅峰之作之一。
① 柱子的指头,指十字架。

过度地恭敬。

"差一刻钟。是吧?"
嗓音在撒谎。
心一沉:他怎么了?
大脑:一个信号!

　　　*　　　*　　　*

不祥预兆的天空:
锈迹和铁皮。
他在老地方等候,
时间:六点。

这一吻没有声音:
唇的惊怵。
人们如此吻女皇的手,
吻死人的手……

一位奔跑的市民,
胳膊撞到我的腰。
汽笛响起,
过度地单调。

汽笛响起,像狗叫,
持续,恶毒。

（在死亡的时刻，
生活的过度。）

昨日齐腰的东西，
突然升至天际。
（所谓过度，
就是站直的身体。）

在想象中呼唤爱人。
"几点？六点多。
去看电影？……"
爆发：回家！

二

流浪的部族，
瞧我们到了哪里！
头顶的雷霆，
军刀出鞘，

我们期待的词语
充满恐惧，
就像倾塌的家，
"家"这个词语。

* * *

迷途宠儿的
哭喊:回家!
"给我!""我的!"
周岁孩子的话。

我一同放浪的兄弟,
我的冷与热,
人们冲出家门,
一如你要回家!

  * * *

像扯拉拴马桩的马,
向上! 绳子损坏。
"哪里有家!"
"有,十步开外:

家在山上。""太高?"
"家在山顶上。"
窗户紧贴屋檐。
"被同一片霞光映亮?"①

"生活重新开始?"

---

① 此句引自勃洛克的《天上的蔚蓝,月亮的碎片……》一诗,但有所改动。

长诗的简朴!
家,就意味着离家
入夜。
　　　(哦,我向谁诉说

我的忧伤,我的痛苦。
恐惧比冰更绿?……)
"您想得太多。"
若有所思:"不错"。

三

然后是滨河街。我依偎
厚布似的水流。
悬在空中的花园,①
就是您的处所!

水是铁的条带,
像是死人的面容,
我依偎,像歌手
依偎乐谱,像盲人

依偎墙角……往回走?

---

① 悬在空中的花园,指世界七大奇迹之一的巴比伦空中花园,此处指布拉格。

不？我俯身你就能听见？
我依偎欲望的毁灭者，
像梦游者依偎屋檐……

但颤抖
不来自河流，
我是天生的水仙女！
依偎河流，像依偎臂膀，
当恋人走在身旁——

他忠诚……
死人也忠诚。
但不是每个人都死在小屋……
你，左右两侧的死神。
我的右侧似已麻木。

一束惊人的光。
笑声像廉价的铃鼓。
"我俩需要……"
　　　　　　（颤抖。）
"我们能义无反顾？"

四

浅发雾霭的波浪，
像薄纱裙边。

憋闷,满屋烟气,
关键是话已说尽!
什么气味？极端的
匆忙、纵容和过失:
商业的秘密,
舞会的脂粉。

戴戒指的已婚单身汉
德高望重的后生……
太多玩笑,太多的笑,
关键是算得太精!
大大小小,不放过
狐狸嘴上的鸡毛。
……商业的制品
舞会的脂粉。

(半转身:"这是我们家？"
"我不是女主人!")
有人在忙支票簿,
有人在忙羔羊皮手套,
有人在忙漆皮舞鞋,
不弄出动静。
……商业的婚姻
舞会的脂粉。

窗口的银色缺口,

马耳他的星辰①!
太多温柔,太多爱抚,
关键是太多抓痕!
脸掐红了……(昨日的
食物,抱歉:馊了!)
……商业的调情,
舞会的脂粉。

你觉得项链太短?
但不是镀金,是白金!
他们嚅动三重下巴,
咀嚼牛犊肉,就像牛犊。
甜美的脖子上方,
魔鬼般的煤气灯。
……商业的破产
某些牌子的脂粉——
施瓦茨②牌……
              "他很
有才,把很多人庇护。"
"我们要谈谈。
我们能义无反顾?"

---

① 星辰,中世纪骑士团的标志,自十字架演变为八角星。
② 施瓦茨,即贝托尔特·施瓦茨,德国十四世纪方济会修士,被欧洲人视为火药的发明人。

五

我捕捉唇的运动。
我知道他不会先开口。
"您不爱?""不,我爱。"
"您不爱!""但我痛苦,

但我喝酒,但我已受够。"
(鹰一样环顾四周):
"抱歉,这就是家?"
"家在我心中。""文绉绉!

爱情就是肉体和血。
花用自己的血浇灌。
您以为,爱情
就是桌边的交谈?

一小时,然后各自回家?
像那些先生太太?
爱情就是……"
　　　　　　"殿堂?
请您用伤疤中的伤疤替代

殿堂!"在跑堂和闲人
注视下?(我暗想:

"爱情就是拉满的弓,
弓,就是分手。")

"爱情,就是关系。
嘴巴和生活,我们全都分离。"
(我求过你:别犯忌!
当我们的时刻亲近隐秘,

当我们置身山顶,
欲望的山顶。记忆像热气:
爱情就是添加篝火,
永远白费力气!)

嘴巴贝壳的缝隙很苍白。
不是冷笑,是清点。
"首先,只有一张
床。"
  "您想说一道深渊?"

手指的鼓点。"不是去移山!
爱情,就是……"
    "您是我的。
我理解您。结论?"

  * * *

手指的鼓点变得急促。
(断头台和广场。)
"我们走。"我说我希望
我们去死。这更容易!

都足够廉价:
韵脚,铁轨,客房,车站……
"爱情,就是生活。"
"不,古人不这么看……"

"是吗?"
　　　拳头里
　　　　　　攥着的
破手帕像条鱼。
"我们走?""您的路线?
毒药、铁轨、子弹任选!"

死亡不需要任何装置!
"活着!"像罗马统帅,
鹰一般环视他残存的
大军。
　　　"我们就此作别。"

六

"我不想这样。"

(我沉默:请听!
想不想,是肉体的事,
我们彼此已是灵魂……)

他没有说。
(当火车到达,你送给
女人悲伤的离别荣誉,
像举起高脚杯……)

"也许是幻觉?我听错了?"
(彬彬有礼的骗子,
给情妇送上花束般
血腥的分手荣誉……)

很清楚,逐字逐句:
您是说,我们就此作别?
(就像掉落的手帕,
在欲望肆虐的时刻……)

您是这场战斗的恺撒。
(哦,蛮横的一击!
把刀剑归还敌人,
就像献上战利品!)

他在继续。(耳朵轰鸣……)
我双倍地崇拜:

首次在决裂中认输。
"您对每个女人都这么说?"

您别再辩解!
色鬼应得的报复。
让您获得荣誉的手势,
从我的骨头上撕下肉。

微笑。透过笑声是死神。
手势。(没有任何愿景。
想不想,是别人的事,
我们彼此已是幽灵……)

最后一颗钉被砸进。
用螺丝钉,因为是铅棺。
"最后一个请求。"
"请说。""有关

我们……我永远……
不对……后人讲。"
(伤员在担架上打量春天!)
"我希望您也一样。

留个戒指做纪念?"
"不用。"圆睁的目光缺席。
(将我放在心上如印记,

395

带在你臂上如戳记①……

没有舞台！我忍气吞声。）
更逢迎，更轻声：
"送你本书？""像对所有人？"
"不，请您别再写它们，

那些书……"

    * * *

就是说，不必。
就是说，不必。
不必哭泣。

在我们流浪的
渔夫部族，
人们跳舞，不哭泣。

人们喝酒，不哭泣。
人们抛洒
热血，不哭泣。

---

① 此两句引自《圣经·雅歌》第8章第6节。在俄文版《圣经》中，"戳记"为"戒指"。

在杯中溶解珍珠,
在世界做主,
人们不哭泣。

"我该走了?"我已看穿。
男丑角出于忠诚,
扔给女丑角一块骨头,
最卑微的冠军奖杯:

终结的荣誉,窗帘的
手势。最后的话语。
一颗铅弹击中胸口:
最好再烫些,

干净些……
            牙齿
紧紧嵌入双唇。
我不会哭泣。

最坚硬
嵌入最柔软。
但是不哭泣。

在流浪的部族,
人们死去,却不哭泣,
被灼伤,却不哭泣。

在流浪的部族,
人们把死者葬入
灰烬和歌。

"我先走?第一步?
就像下棋?"不过,
即便是上断头台,
也会请我们先走……
                "赶紧,

我求您别回头!"视线。
(眼看冰雹如注!
如何将它赶回眼睛?!)
"我说,您不必

回头!!!"

清晰,声音很响,
视线望向高处:
"亲爱的,您走吧,
我想哭泣!"

   *　　*　　*

我忘了!在活的

存钱罐(商人!),
有浅色的后脑勺闪现:
谷物,玉米,黑麦!

西奈的所有戒条
被擦去,迈那得斯的兽皮①!
眼花缭乱的廓尔康达②,
收藏欢乐的宝库——

(为了众人!)大自然的收藏
自有目的,绝不吝啬!
热带就出自这些浅发人,
猎人,哪儿是您的回头路?

用粗糙的裸体挑逗,
眼睛被晃出泪珠——
一串金色的私通
大笑着淌出。

"真的?"侬俍的、拧巴的
目光。每根睫毛都挂着欲求。
"关键在于,这是深处!"
编成发辫的手势。

---

① 希腊神话中酒神狄奥尼索斯的女追随者,她们常身着兽皮狂欢,其形象曾出现于欧里庇得斯的悲剧《酒神的狂女》。
② 廓尔康达,印度古城,以奢华的皇家墓葬著称。

哦,手势已开始拉扯
衣服!比吃喝更简单,
嘲笑!(唉,你还有
获救的希望!)

获救来自护士还是兄弟?
来自联盟:我们的联盟!
不入土,就笑!
(入了土,我也会笑。)

七

然后是滨河街。最后的滨河街。
结束了。分开,松开手,
我们像相互躲避的邻居
行走。河边传来哭泣。

舔去滴落的咸水银,
我不关心天上:
天空没有给泪珠
派来所罗门的大月亮。

柱子。为何脑门不撞出血?
不是出血,而是撞得粉碎!
我们像吓人的犯罪同伙

行走。(遇害人就是爱情。)

去吧!这难道是相爱的伴侣?
夜间?分开?与他人共枕?
"您认为未来在那边?"
我向后仰起头。

"睡吧!"像新婚者躺在地毯……
"睡吧!"我们甚至无法同步。
合拍。怨诉:"请挽起我的手!
我们不是服刑的囚徒!……"

电流。(他像灵魂躺在我手上!
手挽着手。)电流打击,
神经质的电线在抖动,
他像手躺在我灵魂上!

依偎。彩虹般的一切!
什么比眼泪更彩虹?
雨帘比珠串更密。
"我不认识这些终结的
滨河街。""有桥。"
"是吗?"

这里?(现成的大车。)
平静眼神的飞翔。

"可以回家吗?
最后一趟!"

八

最后的桥。
(我不伸出手!)
最后的桥,
最后一笔过桥费。

水和陆地。
我掏出硬币。
死亡的款项,
给忘川摆渡人①的酬金。

硬币的影子
在有影子的手。
这些硬币没有声音。
于是硬币的影子

进入有影子的手。
没有反光,没有叮当。
硬币递过去。

---

① 西方神话中的忘川摆渡人是卡戎。

逝者有很多罂粟①。

桥。——

不带希望的情人们
幸福的处所:
桥,你像激情,
是假定,一连串的居中。

我巢居,温暖,
我是肋骨②,因此依偎。
不在身前,不在身旁:
能看清的距离!

不用手,不用足。
以全副骨骼,全部的力:
只有肋骨活着,
我用它挤迫相邻的躯体。

生活全在肋骨!
它是耳朵,也是回音。
我像蛋黄紧贴蛋白,

---

① 罂粟,古人意识中梦的象征。
② 此处借典《圣经》:耶和华神用地上的尘土造人,名叫亚当;后又取下他的一条肋骨,造成一个女人,亚当一觉醒来,看到女人后说:"这是我骨中的骨,肉中的肉!"

像极地人紧裹毛皮,

我紧紧挤在巢里。
连体双胞胎,
什么是您的联盟?
记得吗,那女人,

你叫她妈妈?
她淡忘一切,
在静止的庄严中带着你,
并未如我把你抱得更紧。

瞧!习惯了!
是的!他把我搂在怀中!
不,我不向下!
落水,只得松开你的手。

贴紧,贴紧……
没有被分开。
桥,你不是丈夫:
情人是一连串的错过!

桥,你抓住我们!
我们用身体喂养河流!
我依附你如藤蔓,
如虱子:请把我连根拔除!

如藤蔓！如虱子！
没有神性！没有人性！
扔掉我,像扔一件物,
在这空心的物质世界,

我从未看重
任何一件物！
告诉我这是梦！
是黑夜,黑夜之后

是早晨,列车和罗马！
格林纳达？我不清楚。
扔掉喜马拉雅
和勃朗峰的羽毛褥。

床的峡谷很深：
我温暖它,用最后的血。
听一听肋骨！
它比诗句更实在……

莫非已经暖和？
你明天与谁共眠？
告诉我这是梦呓！
桥没有终结,永远

没有……
　　　　终结。

　　　＊　　＊　　＊

"这里？"幼稚、神圣的手势。
"好吧？"我依偎。
"再来一小点：
最后一回！"

九

厂房声音洪亮，
响应召唤……
舌头下隐藏的秘密，
妻子瞒着丈夫，

寡妇瞒着男友，夏娃
瞒着树，我全都告诉你：
我就是一头野兽，
被人伤到肚皮。

剧痛……像是连皮扯下
灵魂！所谓灵魂，
声名狼藉的荒谬邪说，
像热气飘进窟窿。

基督徒的苍白无力!
热气! 赶紧热敷!
这苍白无力从未有过!
身体曾想生活,

生活的愿望已不再有。

　　　*　　*　　*

原谅我! 我不想!
剖开的内脏在吼!
死刑犯这样等待开枪,
在凌晨三点多钟,

棋局之后……
用冷笑挑逗看守。
我们就是棋子!
有人在把我们挪动。

谁? 善神? 恶人?
一只眼睛把窥孔占满。
红色过道的哗啦。
抬起的门闩。

抽一口烟草。

呸,我们一起生活过。
……人行道像棋盘,
一条直路:通向壕沟

和血泊。隐秘的眼:
月亮的耳孔……
……
向侧面扫一眼:
"你离得真远!"

十

共同的、拼合的
颤抖。我们的牛奶铺!

我们的岛屿,我们的殿堂,
我们清早的聚合处!

转瞬即逝的一对!
一起来做晨祷。

市场和泔水的气味,
睡梦和春天的嗅觉……
这里的咖啡很糟,
完全像燕麦!

（良马的热情
被燕麦熄灭！）
全无阿拉伯味，
那家咖啡屋闻起来

像世外桃源……

但它冲我们微笑，
让我们在它身边落座，
它老成，充满怜悯，
像白发的情人，

面带小心的微笑：
及时行乐吧！
用疯狂和贫穷，
哈欠和爱情，

而关键是青春！
笑声没有原因，
嘲讽没有预谋，
脸上没有皱纹，

哦，关键是青春！
激情不符合天气！
不知何处的风，
不知何处的雨，

涌进昏暗的牛奶铺:
"阿拉伯斗篷和突尼斯!"
陈旧的袈裟遮掩着
肌肉和希冀……

(亲爱的,我不抱怨:
伤口上的伤口!)
哦,戴荷兰软帽的
女主人把我们

相送……

* * *

没有想起,不太明白,
像是被带离节日……
"我们的街!""不再是……"
"走过多少次!""不再有我们……"

"太阳明天从西边出!"
"大卫与耶和华交恶!"①
"我们在干吗?""分手。"
这个超无意义的词汇

──────
① 意为绝不可能。

对我像是没说:
"分手。我是百分之一?"
这个词只有两个字,
背后却一片荒芜。

站住! 塞语和克罗地亚语,
的确,我们的捷克语老出错?
分手。分手……
这个超自然的废词!

声响让耳朵竖起,
向往忧伤的边际……
分手,不是俄语!
不是女人语! 不是男人语!

不是上帝语! 我们是绵羊,
傻傻地盯着食物?
分手,什么语言?
甚至连含义也没有。

甚至无声! 只有空心的喧嚣,
比如锯子穿透睡梦。
分手,只是夜莺的呻吟,

赫列勃尼科夫①的遗风。

天鹅的呻吟……
但结果?
空气像干涸的水库!
能听见拍手声。
分手,是头顶的雷霆……

海洋涌进船舱!
海洋最远的岬角!
这些街道太陡:
分手,就是下坡,

下山……两个沉重脚掌的
叹息……最终,手掌和钉子!
一个推倒一切的论据:
分手,就是分开走,

我们,原本连体出生……

十一

一次输得精光,
显而易见!

---

① 赫列勃尼科夫(1885—1922),俄国未来派诗人。

郊区,城外,
岁月的终结。

幸福(读作石头)的终结,
岁月、房屋和我们的终结。

空闲的别墅! 我尊重它们,
像尊重衰老的母亲。
这里的行为就是空闲:
只有不空的空心。

(别墅空闲三分之一,
最好您把它们烧尽!)

只是别发抖,
当伤口被揭开。
郊外,郊外,
接缝崩裂!

因为,爱情就是接缝,
没有多余的漂亮话。

接缝不是绷带,不是盾牌,
"哦,别求我保护!"
接缝让逝者葬入大地,
让我葬入你的身体。

(时间会展示接缝的形状:
是单层还是三层!)

无论如何,朋友,接缝!
刺啦一声,碎片!
它自动裂开是我们的光荣:
是裂开,而非开线!

裂缝下是活的组织,
红色,而非腐物!

啊,他没赌输,
谁崩裂了接缝!
郊区,城外:
分离的两个额头。

如今在郊外行刑,
吹进大脑的穿堂风!

哦,离去的他没赌输,
在霞光现出的时候。
夜间我为你缝制完整的生活,
很工整,没有裂缝。

别责怪我针脚斜歪。

城外：接缝崩裂。

不齐整的灵魂
出现在伤口！……
郊区，城外……
郊外峡谷的摆幅。

听见了吗，命运的靴子
踩踏液体的黏土？
……请留意我匆忙的手，
朋友，这活的线头，

你无论如何也挣不脱！
最后的路灯！

　　＊　　＊　　＊

这里？目光像阴谋。
低等种族的目光。
"我们上山去？
最后一趟！"

十二

雨像稠密的马鬃
抽打眼睛。山丘。

我们走过城郊，
我们置身城外，

此地不属于我们！
继母不是母亲！
前面已无路。
就死在这里。

田野。篱笆。
我们像兄妹站立。
生活就是城郊。
要在城外营造！

唉，先生们，
已经输掉的赌局！
到处都是郊外！
哪儿才是城区？！

雨在疯狂撕扯。
我们站着分离。
三个月里，
首次成为两人！

上帝也试图
向约伯借贷？
此事没能办成：

我们置身郊外!

　　　　＊　　＊　　＊

郊外!明白吗?外!
外在!已经越界!
生活就是无法生活的地方:
犹太人的街……

更值得一百次地成为
永世流浪的犹太人①?
生活,就是犹太大屠杀,
不承认的只有恶棍。

只有皈依者才能存活!
各种信仰的犹大!
送往麻风病人的岛屿!
送往地狱!随便哪儿!

但别送往生活,那儿只容忍
皈依者,只把羔羊
送给刽子手!我在践踏
我的生活权利证书!

~~~~~~~~~~~~~~~~~~~~~~

① 永世流浪的犹太人,基督教传说中的形象,一位名叫阿哈苏鲁斯的犹太人因辱骂走向十字架的耶稣被罚永世流浪。

踩进泥土！为大卫盾①
复仇！踩进躯体的泥泞！
犹太人不愿活下去，
这会让人陶醉?!

神选者的街区！堤坝和壕沟。
别指望怜悯！
在这最基督的世界，
诗人,就是犹太人！

十三

就这样在石上磨刀,
扫帚扫去锯末。
我的手里
是光滑和潮湿。

你们在哪儿,双胞胎：
干燥和阳刚之气？
手掌后面
是泪,不是雨！

还谈什么诱惑？
财富就是水！

---

① 大卫盾,又称大卫星,犹太教标志,由两个等边三角形交叉重叠构成。

当你宝石般的眼睛
在手掌后流泪,

我没有遗失。
终结的终结!
我抚摸,抚摸,
抚摸你的脸。

我们这些玛丽娜们,①
有波兰女人②的自负。
你鹰一般的眼睛
在手掌后面痛哭……

你在哭泣?我的朋友!
我已拥有一切!抱歉!
哦,我掌心的泪
多么硕大、苦涩!

男人的泪很残酷:
像刀背砸在脑门!
哭吧,你会在他人那里
弥补在我这里遗失的羞愧。

~~~~~~~~~~

① "玛丽娜们",既指茨维塔耶娃自己,可能也指玛丽娜·姆尼舍克(约 1588—1614/1615),后者是一位波兰贵族的女儿,分别于一六〇五年、一六〇八年嫁给自称为俄国沙皇的伪德米特里一世和伪德米特里二世。
② 波兰女人,茨维塔耶娃的母亲有波兰血统。

同一片大海中的
两尾鱼！一摆手：
……像僵死的贝壳，
嘴唇与嘴唇轻触。

　　　*　　*　　*

你的泪水。
味道
像苦艾。
"明天，
我几点
醒来？"

十四

走羊肠小道
下坡。城市的喧哗。
迎面三个妓女
在笑。笑你的泪花，

她们在笑,爽朗，
就像海浪！
她们在笑！
　　　笑你

不应有的泪水,

可耻的男人的泪,
透过雨,两道伤痕!
像珍珠,战士
勋章上的耻辱。

像你最初的泪,
最后的泪,哦,流吧!
你的泪是我
皇冠上的珍珠!

我公然不模糊眼睛。
我透过大雨凝望。
维纳斯的布娃娃们,
你们也请凝望!

这联盟更紧密,
胜过勾引和睡觉。
雅歌中的话语
也给我们让道,

我们是无名的鸟,
所罗门向我们致敬,
因为共同的哭泣
胜过梦境!

* * *

在黑暗的空心波浪,
他弯曲,伸展,
没有痕迹和声响,
像一艘沉没的航船。

    一九二四年二月一日始于布拉格
    一九二四年六月八日终稿于伊洛维茨

妒忌的尝试*

您与别的女人过得如何,
更轻松? 船桨的打击!
像一条海岸线,关于
我和漂浮岛屿的记忆

已经迅速离去,
(不在水里,在空中!)
灵魂啊,灵魂! 你们
要做姐妹,而非情人!

您与普通的女人过得如何?
没有神灵亦可?
把女皇赶下王位
(在她退位之后),

您过得如何? 忙碌,

---
* 此诗写给罗德泽维奇。

颤抖？如何起床？
可怜的人，您如何对付
庸俗所征收的永久税负？

"受够了抽搐和心悸！
我要租一幢房屋。"
您与任意的女人过得如何，
我选中的苦主！

食物更独特更可口？
吃腻了可别诉苦……
您与同类过得如何，
您这征服西奈的元首！

您与此地的外人过得如何？
我直截了当，她可爱吗？
宙斯缰绳的羞耻
不会抽打您的额头？

您过得如何？身体如何？
感觉如何？还能唱歌？
可怜的人，您如何处置
良心上的永久伤口？

您与市场的商品过得如何？
代役制度很残酷？

在卡拉拉①大理石之后,
您与石膏碎屑过得如何?

(上帝用巨石凿成,
却被砸成碎片!)
您与一百岁的她过得如何,
您这熟悉莉莉斯②的男人!

您吃饱了市场的翻新?
对神奇已感觉冷漠,
您与尘世的女子过得如何?
她六种感觉全无。

好吧,
　　　您过得是否幸福?
不?在无底的深处,
亲爱的,过得如何?更沉重?
或像我和另一个男人的共处?

一九二四年十一月十九日

①　卡拉拉,意大利著名的大理石产地。
②　莉莉斯,亚当的第一个妻子。

征　兆

我的裙摆像裹着一座山,
整个身体的疼痛!
我认识爱情,凭借
整个身体的疼痛。

我的体内像有人开垦田地,
迎接每一场雷雨。
我认识爱情,凭借所有人的
远方,爱情却在身旁。

我的体内像被掏了一个洞,
直抵漆黑的骨架。
我认识爱情,凭借
流遍全身的血管。

匈奴人掠过,
马鬃似的穿堂风:
我认识爱情,凭借
最忠诚喉咙琴弦的撕裂,

喉咙峡谷的
铁锈,活的盐。
我认识爱情,凭借裂缝,
不！凭借
整个身体的颤动！

　　　　　一九二四年十一月二十九日

"请替我致敬俄罗斯的黑麦"*

请替我致敬俄罗斯的黑麦,
致敬有农妇劳作的田地。
朋友!我的窗外下着雨,
灾难和欣悦落在心底……

你在雨水和灾难的曲调里,
像荷马置身六音步,
递过手来吧,在彼世!
在这里我可腾不出手。

一九二五年五月七日于布拉格

---

* 此诗献给帕斯捷尔纳克。

母亲哭新兵

你们的连队,
骑兵连!
亲生的儿子,
是宝贝!

乡间的泪水啊,
像海水,
你在哭孩子啊,
哭新兵!

肚子被破开
多少次?
生多少孩子
也不够!

不够!我的崽!
谁的盐?谁的血?
生了一堆,还不够!
再来!再来!

虽说全城的人
安然无恙!
伊戈尔,我却要
把你们安葬。

大嘴巴,脑袋
像黄柳舞蹈。
人们遇到一百次,
我是头一遭!

流吧,我的乳汁,
漫过堤岸!
乳房枯竭了,
轮到眼睛!

哀号吧,长发女,
哀悼士兵!
你用奶水喂大他,
你就再流淌泪水!

一九二八年

松　明

埃菲尔塔触手可及！
来啊,让我们攀登。
可我们过去和现在,
每人都见过这个场景,

如今我要说,巴黎
很是枯燥,也不漂亮。
"俄罗斯,我的俄罗斯,
你为何燃烧得那么明亮?"①

一九三一年六月

---

① 后两句根据一首描写白桦木松明的俄国民歌改写。

接 骨 木

接骨木把整座花园淹没!
接骨木碧绿,碧绿!
比水桶上的霉菌更绿!
这绿色意味夏天的临近!
蔚蓝直抵岁月的尽头!
接骨木比我的眼睛更碧绿!

然后,一夜间,接骨木
鼓泡的颤音映红眼球,
像罗斯托普钦①的大火!
蓝天啊,接骨木散落的
麻疹,比一年四季
你身上的麻疹更红,

直到冬季,直到冬季!
小小的浆果孕育出

---

① 罗斯托普钦(1763—1826),拿破仑入侵俄国时期的莫斯科市长,据说是他下令焚毁莫斯科,以断绝法军给养,阻止法军继续进军。

比毒药还甜的色彩!
红布、火漆和地狱的
混成,珊瑚小项链的闪光,
味道就像凝固的鲜血!

接骨木被处决,被处决!
接骨木把整座花园淹没,
用年轻的血,纯洁的血,
用一根根火红枝条的血,
一切血中最欢乐的血:
心脏的血,你的血,我的血……

然后,果实的瀑布,
然后,变黑的接骨木。
带有李子一样的黏稠。
在提琴般呻吟的柴门,
在荒芜的房子旁,
一丛孤独的接骨木。

接骨木,我已疯狂,已疯狂,
因为你的项链,接骨木!
草原给红胡子,高加索给格鲁吉亚人,
把窗前我这丛接骨木交给我。
只有这丛接骨木
能代替我的艺术宫……

我的国度的新居民!
因为接骨木的浆果,
因为我红色的童年渴求,
因为树木,因为接骨木
这个词(至今每夜如此……),
因为眼睛吸入的毒素……

接骨木血红,血红!
接骨木的利爪占领四周:
我的童年被掌控。
似有一种犯罪激情
在你我之间,接骨木。
我想把世纪的疾病称作

接骨木……

一九三一年九月十一日始于默东
一九三五年五月二日终稿于旺夫①

---

① 默东和旺夫均为巴黎西南郊的小镇。

致 儿 子[*]

一

不去城市,不去乡村,
我的儿,去你自己的国度,
去与所有地方相反的地方!
去那里是向前,也是退后,
尤其对于你,我从未
与罗斯①谋面的儿郎……

我的儿郎?是她的孩子!
他就像是青草,
青草覆盖往昔。
莫非要用颤抖的手,
为摇篮中的婴儿

---

[*] 茨维塔耶娃的这组诗写给儿子格奥尔基·埃夫隆(1925—1944),格奥尔基小名穆尔,出生在捷克布拉格远郊的弗舍诺雷,后与母亲一起迁居法国,并于一九三九年返回苏联,一九四四年在卫国战争中牺牲。

① 罗斯,俄国的古称。

捧去化为灰烬的泥土:
"你要尊重这罗斯灰烬!"

离开未经受的损失,
你去吧,去眼睛张望的地方!
所有国度的眼,整个大地的眼,
还有你蓝色的眼睛,
我在你眼里看见自己,
你的眼把罗斯张望。

我们不用向那些名称鞠躬!
罗斯属于祖先,俄罗斯属于我们,
属于你们的是洞穴的启蒙者,
是召唤的苏联,
在漆黑的天空,
是呼救的 SOS。

祖国不呼唤我们!
你去吧,我的儿,回家去,
去你的疆土、世纪和时辰,离开我们,
去你们的俄罗斯,民众的俄罗斯,
去我们此刻的国度! 去此刻的国度!
去飞向火星的国度! 去没有我们的国度!

一九三二年一月

二

我们的良心并非你们的良心!
够了!随便!孩子们,
忘掉一切,你们去书写
你们的岁月,你们的激情。

罗得的盐的家庭①,
就是你们的家庭纪念册!
孩子们!你们要去清算
强加给索多玛城的罪名。

你不曾与兄弟打架,
你的事业纯洁,鬈发的儿子!
你们的土地和世纪,你们的一天和时辰,
我们的罪孽和十字架,我们的争执

和愤怒。你们一出生
就被披上孤儿的披肩,
你们不必再去追荐
你们不曾住过的伊甸园!

---

① 据《圣经》传说,索多玛城因罪孽深重遭天火毁灭,上帝垂念亚伯拉罕的侄子罗得,派天使将他全家救出,但罗得的妻子途中违反禁令回头探望,于是变成一根盐柱。

不必追荐你们没见过的苹果!
你们要清楚:是一个盲人
引导你们追荐吃面包的人民,
人民也把面包递给你们,

赶紧离开默东吧,
回到你们的库班。
我们的争吵不是你们的争吵!
孩子们! 你们去规划你们

岁月的征战。

一九三二年一月

三

你别做年轻人中的零,
也别做有害的人!
你别做青铜国王,
也别做运动员脑门,

别做路上的瞎子,
也别做船舱里的闲人,
别做一副颔骨,
不停地来回咀嚼,

这是它唯一的目的。

因为我和我的狂风
会穿过每一道缝!
你别做资产者。

你别做高卢鸡,
银行里存有遗产,
也别做美国老女人
没精打采的未婚夫,

你别做他们中的任何人,
他们已经被废弃,
像写满字的纸张,
他们只会遭人耻笑,

父辈会冲他们吹口哨!
我在天平的另一边,
带着黑土地的重负!
你也别做法国人。

也别做我们中的任何人,
我们让子孙懊恼!
只有上帝知道你会成为
何人,你不会成为何人,——

像用水泵,我向你
注入整个罗斯!

我对天发誓！上帝看到，
你不会成为你祖国的

废料。

一九三二年一月二十二日

书 桌

一

我忠诚的书桌啊!
谢谢你,你与我
一起走过所有的路。
你保护我,像保护伤口。

我负重的骡子啊!
谢谢你,驮着重负,
你的腿从不打弯,
载着想象不停行走。

我最警觉的盔甲啊!
谢谢你,把我守护,
你是尘世诱惑的门槛,
隔断所有的欢愉,

阻绝所有的卑鄙!

你橡木的重量把一切镇住,
镇压狮子般的仇恨,
大象般的屈辱。

我薄薄的棺材板啊!
谢谢你,与我一同生长,
案头的事业越来越多,
你也越来越宽,越来越长。

你变得如此宽广,
像是张开血盆大口,
抓住书桌的边缘……
像淹没海滩,淹没我!

世界被钉在你身上,
谢谢你,它终于挣脱!
像国王追捕逃犯,
每条路上你都能

追上我。
　　"回去,坐下!"
谢谢你的监督和强制。
像术士治愈梦游者,
你让我脱离短暂的

幸福。

　　　　战斗的伤痕,
　　书桌成为燃烧的诗句:
　　一道道血管的深红!
　　我的事业的痕迹!

　　你是苦行僧的塔,嘴的枪栓,
　　你是我的王位和旷野,
　　对于我,你就是
　　引领以色列人的光柱!①

　　你接受祝福吧,
　　书桌的边沿啊,
　　饱受额头、肘和膝盖折磨,
　　你也像锯子切入胸口!

　　　　　　　　　一九三三年七月

二

　　结盟三十周年②,
　　比爱情更坚贞。
　　我熟悉你的皱纹,
　　你熟悉我的皱纹,

---

① 据《圣经》传说,神引领以色列人出埃及时曾化作光柱指路。
② 茨维塔耶娃很早开始写诗,至此时已近三十年。

你是皱纹的作者?
你吞下一摞摞纸张,
你教导我没有明天,
只有今天存在。

要挣钱,要回信,
书桌被投入激流!
你在强调:今天
是每行诗的最后期限。

你在威胁:微薄的奉献
无法回报救世主,
就让人们把我这个傻瓜
放在桌上当祭物!

三

结盟三十周年,
挺住,恶人们!
我知道你的皱纹,
你的缺陷和伤痕,

你最细小的豁口!
(诗行不用牙齿写成!)
是的,有过心爱的人,
松木书桌就是这位男人。

卡累利阿人不是为我
留下山上的白桦树!
有时还带有一滴松油,
可一夜间突然衰老,

变得理性,在男人的压力下,
中学生就这样放弃大胆。
我坐下,桌面摇晃,
扶稳它,像是老朋友!

你稳稳站立,我
弓腰驼背:写! 写!
翻耕了多少土地,
走过多少公里,

用文字覆盖,在整个王国
你找不到更美的东西!
这只手覆盖的面积,
超过半个俄罗斯!

松木桌,橡木桌,
廉价的油漆,带抽屉,
花园桌,用餐桌,
只要不是三条腿!

像被三位冒名皇帝
婚礼时认出的同名女子!
台球桌,货摊桌,
只要能有写诗的高度。

何时能有一张铁桌,
承受肘部的重压,
各式各样的桌子!
瞧,两抱粗的树墩!

教堂的台阶?水井的边沿?
古老墓地的墓碑?
只要我的双肘能够
一次又一次佐证:

上帝保佑!上帝存在!
诗人如此,万物是他的书桌,
万物是他的王座!
但我护膝的书桌啊,
你是我最美最坚固的所有!

约一九三三年七月十五日至
一九三五年十月二十九至三十日

四

你欺负了人,然后躲开?

谢谢你给我一张书桌,
四条腿的顽固,
这桌子让敌人恐惧。

更像是推倒峭壁!
垂向书桌的额头,
额头就像拱门,
用两只手臂托住。

"这桌子是否合适?"
它坚固能承受我的体重,
它宽广足够我奔跑,
它永恒够我用一生!

谢谢你,木匠,谢桌面,
容纳我的天赋,谢桌腿,
比巴黎圣母院的支柱更牢固,
谢这大小合适的书桌。

五

我忠贞不渝的书桌!
谢谢你给我树身,
树身成为书桌,
书桌依然是活的树身!

树叶在眉头青春地嬉戏,
树皮显露出活力,
活的树脂像泪珠,
树根深深扎入地底!

一九三三年七月十七日

六

两清了:你们吞噬我,
我把你们如实记录。
你们被放在餐桌,
我被放在书桌。

因此,零星的幸福,
我不知其他菜肴。
因此,你们来得太多,
你们吃得太久。

每人的位置都事先选定
(出生前位置很多!),
他事业的位置,
他行为的位置:

你们有饱嗝,我有书,
你们有蘑菇,我有笔,
你们有橄榄,我有韵脚,

你们饱食终日,我有诗句。

你们脑中粗大的芦笋,
就像送葬的蜡烛。
你们最爱的东西
是摆满甜点的桌布!

我们点燃哈瓦那烟草,
在你们的左右。
荷兰的亚麻桌布
就是你们的尸布!

为了别浪费桌布,
(把你们)全都抖落,
抖落进深深的墓穴,
你的残渣,你们的碎屑。

用阉鸡代替鸽子,
剖开的灵魂——噗!
赤裸的我被放在书桌,
两只翅膀就是尸布。

一九三三年七月底

"故乡的思念！这早已"*

故乡的思念！这早已
被揭穿的纠缠！
我完全无所谓，
在哪里都是孤单，

沿着回家的石子路，
提着菜篮子前行，
走向不认识我的家，
像是前往医院或兵营。

我无所谓，在哪些人中间，
像被俘的狮子竖起毛发，
遭到哪些人的排挤，
注定被挤回自身，

挤回情感的专制。

---

* 据说茨维塔耶娃在被疏散至叶拉布加后曾向友人朗诵此诗，但因情绪激动未能读完。

像离开冰的勘察加熊,
无处生存(我不再挣扎!),
处处受辱,我不在乎。

我甚至不再迷恋母语,
不再迷恋它乳白的怂恿。
我不在乎用何种语言,
迎面的路人是否能懂!

(不再迷恋读者,成吨报纸的
饕餮,流言的挤奶工……)
二十世纪是他们,
而我独立于所有世纪!

我呆滞得像根原木,
被遗留在林荫道旁,
所有人、所有事我都无所谓,
或许,我最无所谓的

还是亲切的过去。
我所有的标记,所有的特征,
所有的日期,都被抹去:
不知生于何处的灵魂。

我的故土没有保护我,
最机敏的密探在寻觅,

搜遍整个灵魂!
他永远找不到胎记!

每个家对我都陌生,
每座教堂对我都空旷,
我无所谓。但如果路旁
有一丛灌木,尤其是花楸树……

一九三四年五月三日

致捷克[*]

九　月

一

这片土地富饶宽广。
它只有一种忧伤:
捷克人没有大海,
他们的眼泪汇成海洋:

盐不再有用场!
储量够用很久!
三百年的奴役,

---

[*] 这组诗由《九月》和《三月》两小组诗构成,其中《九月》含五首诗,《三月》含十三首诗。一九三八年九月,纳粹德国吞并捷克斯洛伐克,身在法国的茨维塔耶娃闻之义愤填膺,写下这组对捷克和捷克人民饱含深情的组诗。

二十年的自由。①

不是鸟儿悠闲的自由,
是神的自由,人的自由。
二十年的辉煌,
二十年的合唱,

宁静的原野上,
多方言的同一民族。
三百年的奴役,
二十年的人人自由,

人人都有灯火和房屋。
人人都有游戏和科学。
二十年的人人劳动,
有手的人都不停歇。

在田野,在学校,
瞧,幼苗茁壮!
三百年的奴役,
二十年的自由。

---

① "三百年的奴役"指捷克一六二〇至一九一八年被奥匈帝国统治;"二十年的自由"指捷克斯洛伐克共和国从一九一八年十月独立至一九三八年九月被德国吞并。

捷克的客人们,
请你们一起作证:
播下一把谷粒,
收获全部的荣誉。

在这两个十年
(而且还不完整!),
人们思考和歌唱,
胜过人间任何地方。

痛苦得脸色发灰,
伏尔塔瓦河在呻吟:
"三百年的奴役,
二十年的自由。"

你像一只雄鹰,
落在鹰的峭壁上,
你出了什么事,
我的家乡,我的捷克天堂?

群山在阻绝,
河水在延误……
……三百年的奴役,
二十年的自由。

村庄里在编织幸福,

用红线、蓝线和彩线。
你出了什么事,
你这头捷克双尾狮①?

一群狐狸战胜了
森林的领袖!
三百年的奴役,
二十年的自由。

听吧,林中的每棵树,
听吧,伏尔塔瓦河!
狮子与愤怒押韵,
伏尔塔瓦与荣光合辙。②

你的一切灾难
都不会太久!
熬过这奴役的黑夜,
就是自由的白昼!

一九三八年十一月十二日

二

群山是野牛的舞台!

---

① 双尾狮,捷克国徽图案。
② 在俄语中,"狮子"(лев)与"愤怒"(гнев)押韵,"伏尔塔瓦"(Bлтава)与"光荣"(слава)押韵。

黑色的森林，
峡谷倒映水中，
群山对望天空。

最自由的去处，
最慷慨的地方。
这些山峦啊，
是我儿子的故乡。①

山谷是鹿的牧场，
野兽不会受惊，
农舍的屋檐是庇护，
林中一片安宁，

无论走上多远，
也遇不上一杆猎枪。
这些山谷啊，
是我儿子的故乡。

我在那里把儿子抚养，
还有什么在流淌？
河水？岁月？
还是白色的鹅群？

---

① 茨维塔耶娃的儿子出生在捷克布拉格远郊。

……夏日的圣诞节,
浆果在欢唱。
这些农舍啊,
是我儿子的故乡。

出生到人世,
就像出生到天堂。
创造波西米亚之后,
上帝说:"多美的地方!

自然的所有赐予,
一样也不少!
比我儿子的故乡
还要富饶!"

捷克的土地下方,
是溪流和矿藏的婚姻!
创造波西米亚之后,
上帝说:"多好的作品!"

在我儿子的故乡,
一切应有皆有,
只是没有一个人,
忘记自己的故土。

这谦卑的天堂,

有野兔和角鹿,
有野鸡的羽毛……
占领这里的人该受诅咒。

出卖古老的祖国,
让人们失去故土,
这样的人也该受诅咒,
永远得不到宽恕!

我的故乡,你被活活地
出卖,连同野兽,
连同奇妙的园子,
连同丰富的矿物,

连同各个民族,
他们流离失所,
在旷野呻吟:
　　　　　祖国啊!
我的祖国!

神的土地! 波西米亚!
别像石板躺下!
上帝曾亲手赐予,
他还会再次馈赠!

你所有的儿孙

459

在举手宣誓——
为所有背井离乡的人,
为他们的祖国赴死!

  一九三八年十一月十二至十九日

三

地图上有个地方,
看一眼就会怒火中烧!
每一座小村庄,
都在苦难中煎熬。

边境的旗杆
被斧头砍倒。
世界的躯体上长出
吞噬一切的溃疡。

从门前的台阶
到秀美的山,到鹰巢,
数千平方公里
被占的土地上

是溃疡。
    捷克人
躺下休息,被活埋。
各民族的胸口有伤:

我们的人遇害!

那地方被称作友邦,
夺眶而出的雨水!
胖子,欢庆骗局吧!
骗局干得成功。

胖子,致敬犹大吧!
我们却心存希望:
地图上有一个空地,
那是我们的荣光。

一九三八年十一月十九至二十二日

四 一位军官

在苏台德地区,在捷克边境森林,一位率领二十名士兵的军官让士兵们留在林中,他却走到大路上,向逼近的德军射击。他最终的结局无人知晓。

(摘自一九三八年九月的报纸)

捷克的林子,
树木绵连。
时间是在
一九三八年。

"几月几日?"山峰回声:
"德国人入侵捷克那一天!"

林子泛红,
那一天灰蓝。
二十名士兵,
一位军官。

高额头,圆脸盘,
这军官在守护国境。

四周是我的林子,
四周是我的灌木,
四周是我的房屋,
这是我的房屋。

森林我不交出,
房屋我不交出,
土地我不交出,
一寸也不交出!

林中的昏暗。
心底的恐慌:
是普鲁士人的脚步,
还是跳动的心脏?

别了,我的森林!
别了,我的世纪!
别了,我的土地,
我亲爱的土地!

就算全部的土地
被敌人蹂躏!
我也不会交出
我脚下的石头!

军靴踏出响声。
树叶说:"德国人!"
钢铁发出轰鸣。
森林说:"德国人!"

"德国人!"群山
和洞穴发出回音。
他丢下士兵,
军官孤身一人。

他敏捷地钻出树林,
冲向敌军,带着手枪!

枪声大作。
森林劈啪作响。
森林在鼓掌!

整片森林在鼓掌!

当子弹呼啸飞向德国人,
整片森林在为他鼓掌!

枫树,松树,
松针,树叶,
绵延不绝的
整片树林,

都在传递
一个喜讯:
捷克的荣誉
得到了拯救!

就是说,这个国家
还没有屈服,
就是说,这场战争
还没有结束!

"万岁,我的祖国!"
"痴心妄想,德国人!"
……一位军官,
二十名士兵。

一九三八年十月至一九三九年四月十七日

五　镭的祖国

莫非真的可以，
失明的灾祸
要从脚底窃走
光的祖国？

请看那群山！
这群山之中
有最好的宝物：
镭的祖国。

流浪者，请看那群山，
请极目远眺，
用全副心胸！
把每一处凹陷
都铭记心中：
镭的祖国……

一九三八至一九三九年

三 月

一 摇篮曲

从前,睡魔哼着歌,
走过所有的小村:
"睡吧,孩子！要不,
我把你交给恶狗似的鞑靼人！"

在黑夜,在月夜,
走遍图林根①丘陵:
"睡吧,德国人！要不
我把你交给罗圈腿的匈奴人！"

如今,歌声传遍波西米亚,
传遍她的每个角落:
"睡吧,波西米亚人！要不
我把你交给德国人希特勒！"

一九三九年三月二十八日

---

① 图林根,德国地名,五世纪曾被匈奴人占领。

二 废 墟

袭击瓦茨拉夫之城①的人,
像野火吞噬青草……

玩弄波西米亚制品的人!
像灰烬掩埋房屋,

像风雪掩埋路碑……
请问,捷克人,伊甸园

剩下什么? 一片废墟。
瘟疫让墓地开心!

  *　　*　　*

袭击瓦茨拉夫之城的人,
像野火吞噬青草……

向我们发出最后通牒的人,

---

① 瓦茨拉夫之城,指布拉格,布拉格市中心有瓦茨拉夫广场,广场立上有瓦茨拉夫雕像。圣瓦茨拉夫(约 907—935)被视为捷克和布拉格的庇护者。

像洪水逼近门窗。

像灰烬掩埋房屋……
面对桥梁和广场,

双尾狮在哭泣……
瘟疫让墓地开心!

   * * *

袭击瓦茨拉夫之城的人,
像野火吞噬青草……

无动于衷地掐死人的人,
像灰烬掩埋房屋:

活着的人,答应一声吧!
布拉格比庞贝更死沉:

看不见脚步,听不见声音……
瘟疫让墓地开心!

一九三九年三月二十九至三十日

三 鼓 声

在波西米亚的城镇,
鼓声在把什么嘟囔?
投降——投降——投降,
名誉扫地,不战而降。
额头抵着灰烬,
想——想——想……
咚!
咚!
咚!

在波西米亚的城镇,
也许不是鼓声
(是山在怨诉?石头在低语?),
是温顺的捷克人内心
愤怒的
雷霆:
"我的
家园
在哪?"

在死去的城镇,

鼓声把消息发布：
乌鸦！乌鸦！乌鸦
落进布拉格城堡！
结冰的窗像画框
(咚！咚！咚！)，
匈奴！
匈奴！
匈奴！

一九三九年三月三十日

四　致德国

哦，绿色群山中，
脸色最绯红的少女，
德国！
德国！
德国！
耻辱！

超凡脱俗的灵魂，
却侵吞了半张地图！
从前，用童话迷惑，
如今，用坦克开路。

面对一位捷克农妇，

你是否垂下眼睑?
当你驾驶坦克,
碾过她希望的麦田。

面对这个小国
过度的痛苦,
德国的儿孙啊,
你们有何感触??

哦狂躁!
哦伟岸的木乃伊!
德国,
你会灭亡!
疯狂,
你在制造
疯狂!

巨人能够摆脱
蟒蛇缠身!
保重,摩拉维亚!
斯洛伐克,斯洛伐克人!

请躲进水晶的地下,
请准备打击:
波西米亚!
波西米亚!

波西米亚!
向你致意!

一九三九年四月九至十日

五 三 月

地图集是一副牌:
它被重新洗过!
每个三月都在祝贺,
新的股份,新的疆土!①

三月的税负太重:
土地,山脉,
纸牌的赌徒!
纸牌的赌桌!

一手王牌:
佩戴勋章、
却没有脑袋的王,
还有狡猾的奴才。

"我要骨头,我要肥肉!"

---

① 指德国一九三八年三月吞并奥地利,一九三九年三月吞并捷克斯洛伐克。

老虎们这样游戏!
整个世界都将记住
三月的赌局。

欧洲地图的牌戏,
成为手中的王牌。
(为了让布拉格城堡
成为塔陪亚悬崖!①)

恶行没遇到子弹,
却遇到布拉格的嘲弄。
布拉格算什么!维也纳算什么!
别怕前往莫斯科!

捷克的雨水,
布拉格的屈辱。
"领袖,请你记住,记住,
把三月十五②记住!"

一九三九年四月二十二日

---

① 塔陪亚悬崖,在罗马卡皮托利欧山西侧,古罗马时期的行刑地,犯人常被在此推下悬崖。
② 三月十五,指公元前四十四年三月十五日,恺撒在那一天被暗杀。

六 夺走了……

捷克人走近德国人,向他们吐痰。

(见一九三九年三月的报纸)

他们夺得很快,他们夺得慷慨:
夺走了群山,夺走了矿井,
夺走了煤炭,夺走了钢铁,
还有我们的铅和水晶。

夺走了糖,夺走了三叶草,
夺走了西方,夺走了北方,
夺走了蜂箱,夺走了干草,
夺走了我们的南方和东方。

瓦里城夺走了,塔特拉山夺走了,
夺走了近处,夺走了远方,
但比失去人间天堂更痛苦,
他们赢了战争,夺走了故乡!

夺走了子弹,夺走了枪,
夺走了矿石,夺走了友谊……
但只要嘴里还有吐沫……

整个国家就没放下武器!

一九三九年五月九日

七 森 林

见过人们如何砍树?
一斧又一斧!一棵又一棵!
但死去的树会复活!
森林不会死去。

就像僵死的森林,
转眼就会泛绿!
(青苔是绿皮毛!)
捷克人不会死去。

一九三九年五月九日

八

哦,眼中的泪!
愤怒和爱的哭泣!
哦,泪中的捷克!
血中的西班牙!

哦,黑色的山

把整个世界遮蔽!
赶紧,赶紧,赶紧,
把票券还给上帝!①

我拒绝存在。
在坏人的疯人院,
我拒绝生活。
置身广场的狼群,

我拒绝嚎叫。
置身平原的鲨鱼,
我拒绝游动,
沿着脊背的水流。

我不需要耳朵,
也不需要眼睛。
对你疯狂的世界,
只有一个回答——拒绝。

一九三九年三月十五日至五月十一日

九

圣像背后不是魔鬼,

---

① 在陀思妥耶夫斯基的小说《卡拉马佐夫兄弟》中,伊万曾对阿廖沙说:"人们对和谐的估价太高,我们完全无法支付这张过于昂贵的入场券,所以我要尽快退还这张入场券。"(第二部第三卷第四节《叛逆》)

天才背后不是痛苦,
不是雪崩的雪团,
不是水灾的堤坝,——

不是红色的森林大火,
不是兔子在树丛,
不是暴风雨中的柳树,
是元首身后的泼妇!

一九三九年五月十五日

十 人 民

子弹打不中它,
歌声也打不动它!
我站着,张开嘴巴:
"人民! 多么强大!"

人民就像诗人,
所有宽度的代言人,
像诗人,张开嘴巴,
站着强大的人民!

当你既没有力量,
也没有神赐的天赋,
围困这样的人民?

就是把花岗岩围住!

(他们坐着打磨宝石,
他们珍藏证书……
石榴石在你胸膛燃烧!
磁石在创造。)

从胸膛掏出镭,
递过来:给你!
这样的人民
被活埋在欧洲中部?

上帝!如果你也像她,
我热爱的人民,
就别与圣徒一同安息,
要与活人一起欢欣!

一九三九年五月二十日

十一

人民,你不会死去!
上帝将你护佑!
石榴石做你的心脏,
花岗岩做你的胸膛。①

---

① 在布拉格瑞典街茨维塔耶娃故居前有一块纪念牌,上面镌刻着这四行诗的捷克语译文。

盛开吧,人民,
像石板一样坚硬,
像石榴石一样滚烫,
像水晶一样纯净。

一九三九年五月二十一日于巴黎

十二

住口,波西米亚人!一切结束!
其余的国家,活下去吧!
沿着活的心脏摞成的阶梯,
德国人进入布拉格。
(他自己也不相信这寓言:
踏着楼梯像踏着脑袋。)
像匈奴人骑马闯入圣殿!
踏着楼梯像踏着颅骨……

一九三九年

十三

但最心疼的,哦更难忘的,
是石榴石和水晶,
这小的田地和道路
让我最伤心,

小的田地有大的李子,
小的道路有大的脚步,
沿着李子和田地……

　　　　　　　　一九三九年

"我一直在重复第一行诗句"*

"我准备了六套餐具……"①

我一直在重复第一行诗句,
一直在将这句话权衡:
"我准备了六套餐具……"
你却忘了第七个人。

你们六个人不开心。
脸上流淌着泪水……
在这样的餐桌旁,
你如何能忘记第七人……

你的客人们不开心,
水晶醒酒器无所作为。
他们伤心,你也伤心,
未被邀请的女人最伤心。

~~~~~~~~~~~~~~~~

* 这可能是茨维塔耶娃最后的诗作。
① 这句话引自诗人阿尔谢尼·塔尔可夫斯基(1907—1989)的同名诗作。

不开心,满脸愁云。
唉!你们不喝也不吃。
你怎么能忘记人数?
你怎么能把客人数错?

你怎么敢不弄清楚,
六个人(两位兄弟,
你们夫妻,还有父母),
就是七个,既然我还健在!

你准备了六套餐具,
但世界上不止六人。
比起活人中的稻草人,
我更想做个幽灵,陪你的人,

(陪自己人)……
　　　　　　胆怯如窃贼,
哦,不碰触任何灵魂!
我的面前没有餐具,
我是未被邀请的第七人。

突然!我碰倒杯盏!
渴望流淌的一切,
眼里所有的盐,伤口所有的血,
从桌布流向地板。

没有棺材！没有离别！
餐桌摆脱魔法，房屋醒来。
像死神去赴正午的婚宴，
我去吃晚餐的生命。

……你不是兄弟、儿子和丈夫，
也不是朋友，我却依然责怪：
"你为六个灵魂备好餐桌，
却未把靠边的位置给我。"

一九四一年三月六日

"外国文学名著丛书"书目

第 一 辑

书 名	作 者	译 者
伊索寓言	〔古希腊〕伊索	周作人
源氏物语	〔日〕紫式部	丰子恺
堂吉诃德	〔西班牙〕塞万提斯	杨 绛
泰戈尔诗选	〔印度〕泰戈尔	冰 心 石 真
坎特伯雷故事	〔英〕杰弗雷·乔叟	方 重
失乐园	〔英〕约翰·弥尔顿	朱维之
格列佛游记	〔英〕斯威夫特	张 健
傲慢与偏见	〔英〕简·奥斯丁	王科一
雪莱抒情诗选	〔英〕雪莱	查良铮
瓦尔登湖	〔美〕亨利·戴维·梭罗	徐 迟
欧·亨利短篇小说选	〔美〕欧·亨利	王永年
特利斯当与伊瑟	〔法〕贝迪耶	罗新璋
巨人传	〔法〕拉伯雷	鲍文蔚
忏悔录	〔法〕卢梭	范希衡 等
欧也妮·葛朗台 高老头	〔法〕巴尔扎克	傅 雷
雨果诗选	〔法〕雨果	程曾厚
巴黎圣母院	〔法〕雨果	陈敬容
包法利夫人	〔法〕福楼拜	李健吾
叶甫盖尼·奥涅金	〔俄〕普希金	智 量
死魂灵	〔俄〕果戈理	满 涛 许庆道

书 名	作 者	译 者
当代英雄	〔俄〕莱蒙托夫	草 婴
猎人笔记	〔俄〕屠格涅夫	丰子恺
白痴	〔俄〕陀思妥耶夫斯基	南 江
列夫·托尔斯泰中短篇小说选	〔俄〕列夫·托尔斯泰	草 婴
怎么办?	〔俄〕车尔尼雪夫斯基	蒋 路
高尔基短篇小说选	〔苏联〕高尔基	巴 金 等
浮士德	〔德〕歌德	绿 原
易卜生戏剧四种	〔挪〕易卜生	潘家洵
鲵鱼之乱	〔捷〕卡·恰佩克	贝 京
金人	〔匈〕约卡伊·莫尔	柯 青

第 二 辑

荷马史诗·伊利亚特	〔古希腊〕荷马	罗念生 王焕生
荷马史诗·奥德赛	〔古希腊〕荷马	王焕生
十日谈	〔意大利〕薄伽丘	王永年
莎士比亚悲剧五种	〔英〕威廉·莎士比亚	朱生豪
多情客游记	〔英〕劳伦斯·斯特恩	石永礼
唐璜	〔英〕拜伦	查良铮
大卫·科波菲尔	〔英〕查尔斯·狄更斯	庄绎传
简·爱	〔英〕夏洛蒂·勃朗特	吴钧燮
呼啸山庄	〔英〕爱米丽·勃朗特	张 玲 张 扬
德伯家的苔丝	〔英〕托马斯·哈代	张谷若
海浪 达洛维太太	〔英〕弗吉尼亚·吴尔夫	吴钧燮 谷启楠
哈克贝利·费恩历险记	〔美〕马克·吐温	张友松
一位女士的画像	〔美〕亨利·詹姆斯	项星耀
喧哗与骚动	〔美〕威廉·福克纳	李文俊
永别了武器	〔美〕欧内斯特·海明威	于晓红

书　名	作　者	译　者
波斯人信札	〔法〕孟德斯鸠	罗大冈
伏尔泰小说选	〔法〕伏尔泰	傅　雷
红与黑	〔法〕司汤达	张冠尧
幻灭	〔法〕巴尔扎克	傅　雷
莫泊桑中短篇小说选	〔法〕莫泊桑	张英伦
文字生涯	〔法〕让-保尔·萨特	沈志明
局外人　鼠疫	〔法〕加缪	徐和瑾
契诃夫小说选	〔俄〕契诃夫	汝　龙
布宁中短篇小说选	〔俄〕布宁	陈　馥
一个人的遭遇	〔苏联〕肖洛霍夫	草　婴
少年维特的烦恼	〔德〕歌德	杨武能
德国,一个冬天的童话	〔德〕海涅	冯　至
绿衣亨利	〔瑞士〕戈特弗里德·凯勒	田德望
斯特林堡小说戏剧选	〔瑞典〕斯特林堡	李之义
城堡	〔奥地利〕卡夫卡	高年生

第　三　辑

埃斯库罗斯悲剧二种	〔古希腊〕埃斯库罗斯	罗念生
索福克勒斯悲剧二种	〔古希腊〕索福克勒斯	罗念生
欧里庇得斯悲剧二种	〔古希腊〕欧里庇得斯	罗念生
神曲	〔意大利〕但丁	田德望
西班牙流浪汉小说选	〔西班牙〕克维多　等	杨　绛　等
阿拉伯古代诗选	〔阿拉伯〕乌姆鲁勒·盖斯　等	仲跻昆
列王纪选	〔波斯〕菲尔多西	张鸿年
蕾莉与马杰农	〔波斯〕内扎米	卢　永
莎士比亚喜剧五种	〔英〕威廉·莎士比亚	方　平
鲁滨孙飘流记	〔英〕笛福	徐霞村

书 名	作 者	译 者
彭斯诗选	〔英〕彭斯	王佐良
艾凡赫	〔英〕沃尔特·司各特	项星耀
名利场	〔英〕萨克雷	杨 必
人性的枷锁	〔英〕威廉·萨默塞特·毛姆	叶 尊
儿子与情人	〔英〕D. H. 劳伦斯	陈良廷 刘文澜
杰克·伦敦小说选	〔美〕杰克·伦敦	万 紫 等
了不起的盖茨比	〔美〕菲茨杰拉德	姚乃强
木工小史	〔法〕乔治·桑	齐 香
恶之花 巴黎的忧郁	〔法〕波德莱尔	钱春绮
萌芽	〔法〕左拉	黎 柯
前夜 父与子	〔俄〕屠格涅夫	丽 尼 巴 金
卡拉马佐夫兄弟	〔俄〕陀思妥耶夫斯基	耿济之
安娜·卡列宁娜	〔俄〕列夫·托尔斯泰	周 扬 谢素台
茨维塔耶娃诗选	〔俄〕茨维塔耶娃	刘文飞
德国诗选	〔德〕歌德 等	钱春绮
安徒生童话选	〔丹麦〕安徒生	叶君健
外祖母	〔捷〕鲍·聂姆佐娃	吴 琦
好兵帅克历险记	〔捷〕雅·哈谢克	星 灿
我是猫	〔日〕夏目漱石	阎小妹
罗生门	〔日〕芥川龙之介	文洁若

第 四 辑

一千零一夜		纳 训
培根随笔集	〔英〕培根	曹明伦
拜伦诗选	〔英〕拜伦	查良铮
黑暗的心 吉姆爷	〔英〕约瑟夫·康拉德	黄雨石 熊 蕾
福尔赛世家	〔英〕高尔斯华绥	周煦良

书　名	作　者	译　者
月亮与六便士	〔英〕威廉・萨默塞特・毛姆	谷启楠
萧伯纳戏剧三种	〔爱尔兰〕萧伯纳	潘家洵　等
红字　七个尖角顶的宅第	〔美〕纳撒尼尔・霍桑	胡允桓
汤姆叔叔的小屋	〔美〕斯陀夫人	王家湘
白鲸	〔美〕赫尔曼・梅尔维尔	成　时
马克・吐温中短篇小说选	〔美〕马克・吐温	叶冬心
老人与海	〔美〕欧内斯特・海明威	陈良廷　等
愤怒的葡萄	〔美〕斯坦贝克	胡仲持
蒙田随笔集	〔法〕蒙田	梁宗岱　黄建华
悲惨世界	〔法〕雨果	李　丹　方　于
九三年	〔法〕雨果	郑永慧
梅里美中短篇小说选	〔法〕梅里美	张冠尧
情感教育	〔法〕福楼拜	王文融
茶花女	〔法〕小仲马	王振孙
都德小说选	〔法〕都德	刘　方　陆秉慧
一生	〔法〕莫泊桑	盛澄华
普希金诗选	〔俄〕普希金	高　莽　等
莱蒙托夫诗选	〔俄〕莱蒙托夫	余　振　顾蕴璞
罗亭　贵族之家	〔俄〕屠格涅夫	陆　蠡　丽　尼
日瓦戈医生	〔苏联〕帕斯捷尔纳克	张秉衡
大师和玛格丽特	〔苏联〕布尔加科夫	钱　诚
茨威格中短篇小说选	〔奥地利〕斯・茨威格	张玉书　等
玩偶	〔波兰〕普鲁斯	张振辉
万叶集精选	〔日〕大伴家持	钱稻孙
人间失格	〔日〕太宰治	魏大海

第 五 辑

书 名	作 者	译 者
泪与笑　先知	〔黎巴嫩〕纪伯伦	冰　心　等
华兹华斯 柯尔律治 诗选	〔英〕华兹华斯 柯尔律治	杨德豫
济慈诗选	〔英〕约翰·济慈	屠　岸
汤姆·索亚历险记	〔美〕马克·吐温	张友松
大街	〔美〕辛克莱·路易斯	潘庆舲
田园三部曲	〔法〕乔治·桑	罗　旭　等
金钱	〔法〕左拉	金满成
果戈理小说戏剧选	〔俄〕果戈理	满　涛
奥勃洛莫夫	〔俄〕冈察洛夫	陈　馥
谁在俄罗斯能过好日子	〔俄〕涅克拉索夫	飞　白
亚·奥斯特洛夫斯基戏剧六种	〔俄〕亚·奥斯特洛夫斯基	姜椿芳　等
复活	〔俄〕列夫·托尔斯泰	草　婴
静静的顿河	〔苏联〕肖洛霍夫	金　人
谢甫琴科诗选	〔乌克兰〕谢甫琴科	戈宝权　任溶溶
维廉·麦斯特的学习时代	〔德〕歌德	冯　至　姚可崑
叔本华随笔集	〔德〕叔本华	绿　原
艾菲·布里斯特	〔德〕台奥多尔·冯塔纳	韩世钟
豪普特曼戏剧三种	〔德〕豪普特曼	章鹏高　等
铁皮鼓	〔德〕君特·格拉斯	胡其鼎
加西亚·洛尔卡诗选	〔西班牙〕加西亚·洛尔卡	赵振江
你往何处去	〔波兰〕亨利克·显克维奇	张振辉
显克维奇中短篇小说选	〔波兰〕亨利克·显克维奇	林洪亮
裴多菲诗选	〔匈〕裴多菲	孙　用
轭下	〔保〕伐佐夫	施蛰存

书 名	作 者	译 者
卡勒瓦拉(上下)	〔芬兰〕埃利亚斯·隆洛德	孙 用
破戒	〔日〕岛崎藤村	陈德文
戈拉	〔印度〕泰戈尔	刘寿康